Naumann
Verlag

WILHELM WOLPERT

Der kranke Franke

Fränkische Gschichtn
zum Gsundlachen

Naumann
Verlag

Naumann Verlag, Raiffeisenallee 10, 82041 Oberhaching
www.naumann-verlag.de

ISBN 978-3-940168-32-0

Das Umschlagbild zeichnete Helmi Scheuring.

Bibliografische Information Der Deutschen Bibliothek
Die Deutsche Bibliothek verzeichnet diese Publikation in der Deutschen Nationalbibliografie; detaillierte bibliografische Daten sind im Internet über http://dnb.ddb.de abrufbar.

8. Auflage 2018

Inhalt

Steril und keimfrei

Ich höck im Wirtshaus und hab ä Würschtla bestellt
zu mein Bier.
Der Oberkellner kummt, und er bringt es mir.
Aber, zum Dunnerwetter nuch ämal, nei:
Was iss denn des für ä Sauerei?!
»Warum haltn Sie mei Bockwurscht mitn Dauma fest,
Sie Held?« –
»Na, dass sa mir net nuch ämal runterfällt.«

Hirntrauma

Än Moo hamm sa auf der Straß überfahrn.
Er hat Schädelbruch, und er hat Gehirnmasse verlorn.
Die Ehefrau und die Ärzte diskutiern:
»Mir müssn ihrn Moo ä weng Hirn transplantiern.«

»Des iss sicher sehr teuer«, jammert die Fraa.
Der Dokter secht: »Des kummt auf die Sortn aa.
Zwanzig Euro kosten zehn Gramm Hirn von normala
Männer.
Siebzehn Euro kost Frauenhirn, des iss net besser,
aber schöner.

Hirn von Politiker iss allerdings sehr teuer:
Tausend Euro kosten da zehn Gramm heuer.« –
»Waaas? Tausend Euro, die paar Windunga und
Schlinga?« –
»Was meena Sie, wie viel Politiker dass mer braucht,
um zehn Gramm Hirn zammzubringa?«

Beim Zahnarzt

Der Kleins Walter höckt im Wartezimmer. Sei Angst nimmt immer mehr zu, sei Zahnweh nimmt immer mehr ab.

Eigentlich könnert ich wieder hemm, mei Zahn tut jetzt überhaupt nix mehr so weh, denkt er, aber da stößt er mit die Zunga, ner bloß mit die Zunga, an sein eitrigen Zahn, und er spürt na wieder – und wie!

Noch drei Leut sinn vor na, dann kummt er dran. Ach Gott, iss die Fraa schnell fertig worn! Jetzt sinn's ja ner bloß noch zwä, wu vor na sinn. Schad, dass die Fraa net länger gebraucht hat! Es Unglück nimmt sein Lauf …

Während der Walter wartet, frecht er sich, was die Menschen früher gemacht hamm mit än vereiterten Zahn. Die alten Germanen zum Beispiel, oder wo halt die Zanga nu net erfunna war. Vielleicht mit än Schnürla, dass sa na rausgerupft hamm? Und wie es Schnürla nu net erfunna war, bei die Neandertaler zum Beispiel, vielleicht mit än Stee rausgeklopft? Der Steinzeit-Patient iss vielleicht von fümf Mann festghalten worn, oder sie hamm na durch än Schlag mit än Faustkeil betäubt? Schnaps als Narkose hat's ja nuch kenn gäm. Än Walter graust's.

Da kummt der alt Hannes nein Wartezimmer und setzt sich. Der hat's gut, denkt der Walter, der kummt noch lang net dran. Der Hannes lacht; wahrscheinlich kummt er bloß zum Durchguckng vo sein Gebiss.

»Na«, frecht er den Walter, »hast du aa Malästn mit deiner Beißer?«

»Ja, ä bissla«, gnaukt der Walter und deut auf sein gschwollena Backng.

Da tut der Hannes einen weisen Ausspruch: »Ja, ja, im Alter zwickt's een jeden Tag wuannersch.«

Und da fällt's dem Walter schlagartig ein, wie's bei die Neandertaler war. Na freilich, so muss es gewesen sei: Die sinn gar net so alt worn, dass era ihr Zähn weh tu hättn könn! Die sinn beizeit mit gsunda Zähn gstorbm. Dass ä Zahn weh tun kann, dadervo hamm die gar nix gewisst.

»Herr Klein, bitte sehr, Sie sinn der nächste.«

Jetzt iss es soweit, jetzt geht's aufs Schafott. Jetzt geht na der Zahnarzt um Kopf und Kragen, sozusagen. Der Walter nimmt Abschied vom gemütlichen Wartezimmer und von die Illustrierten mit die halber nackerta Mädli, alla mit strahlendem Zahnpasta-Lächeln, und geht durch die Tür des Grauens. Der Angstschweiß bricht na aus. Er klettert auf den elektrischen Stuhl.

»Na, Herr Klein, was hamm mer denn?« Der Zahnarzt frät sich immer über neua Kundschaft im alten Quartal, aber aa über alta Kundschaft im neuen Quartal muss mer froh und dankbar sei.

Der Walter denkt und hofft: Solang ich mit na red, solang tut er mir nix. »Na, Herr Dokter, wie geht's denn so …«

»Danke, aber was hamm mer denn, wo tut's denn weh?«

»Ja, ich hab da …«

»Ich seh scho, ich seh scho selber. Welcher iss es denn?«

»Ich gläb, der …«

»Mund auf!«

Ab jetzt muss der Walter sein Maul halt und sei Mund aufmach. Jetzt klopft der Dokter mit dem metallenen Stiel von sein Spiegela auf die Zähn, die wu eventuell in Frage kumm könnertn. Beim ersten schüttelt der Walter stumm und froh sein Kopf, beim zwättn schüttelt er scho wieder, aber beim drittn zuckt er zamm und mecht laut »Mmmmmm!« Da wäß der Dokter endlich, mit wem er's zu tun hat, mit waffern Zahn und mit waffern Angsthas.

»So, jetzt gäb ich Ihna erst ämal ä Spritzla.«

Mit mindestens sieben vo seiner zehn Finger hantiert der Dokter im Walter seiner Goschn rum, so dass der Patient ner bloß undeutlich protestier kann: »Aahng, aahff!«

Der Dokter versteht na zwar, aber er besteht auf der Injektion: »Jo, jo, des muss sei!«

Die Helferin eilt jetzt herbei, ä zartes, junges Ding. Im besten Alter für Zahnarzthelferinna iss sa, kohlschwarza langa Haar hat sa, gluthäßa Aachng und Kurvm wie aufm Nürburgring hat sa – aber des iss dem Walter momentan alles wurscht. Sie hält dem Delinquent sein Ölles an die zwä Ohrn fest mit ihra zarta Fingerli, und der Zahnarzt haut die Nadel nein Walter sein Kiefer. »Uuuuh!!« mecht der Walter und hüpft derbei ä weng in die Höh, so dass sich die Kanüle noch tiefer nei sein Unterkiefer bohrt.

Gleich wirkt das Narkotikum. Der Walter sinkt ermattet in sich zamm und wartet auf den Todesstoß. Er muss lang wart. Fümf Minuten, acht Minuten, zehn Minuten; alles wird pelzig.

Da kummt der Henker im weißen Kittel wieder und klopft auf den kranken, vereiterten Zahn. Jetzt tut er nix mehr weh. »So, mir könna anfang«, secht der Dokter.

Die Angst iss vom Patienten gewichen, und er iss jetzt wieder der Walter: locker, gelöst und redselig. Redselig? Mit die dicken Wattebäusch in die Backng, dem singenden Bohrer im Ohr, dem schluchzenden, seufzenden Absauger unter der Zunga und dem Dokter sei zwä Hend in der Waffel? Wie wista denn da redselig sei?

»Sie, Herr Klein, Sie sinn doch vo hier gebürtig?«

»Lllssss!!«

»Kenna Sie net die Familie Müller?«

»Wwww?«

»Na, die Müllern vom untern Turm.«

»Ä, ä!«

Vor lauter Verwunderung hätt der Dokter breits nämhi gebohrt: »Na, die Müllern, die wu sie so dick iss, und er schnappt ä bissla.«

Klar, *die* Müllern kennt der Walter, aber er derf net nick, er mecht ner bloß: »A hm! Rrh, ch, ch!«

»Was sinn denn des für Leut?«

»Och, ääh, ff!«

»Also, Sie meena, die wärn in Ordnung.«

»Ei, hooh.«

»Also, folgendermaßen: Die Müllers müssen ä Töchterla hab …«

Der Walter möchert jetzt am liebsten mit der Zunga schnalz, weil er wäß, was des für ä hübsches Mäusla iss; des geht aber net, weil die Zunga mit Watte gfesselt iss. Und so hört mer nur, wie von dem Töchterla die Red iss: »Hhhmmm, hmmmm.«

»Ja, und des Mädla muss ä Aach auf mein Sohn geworfm hab.«

»Acha.«

»Die hat nämlich scho mindestens zehnmal angerufm. Sinn des eigentlich reicha Leut?«

»Ä, ä!«

»So, so, reich sinn sa also net. Was hamm sa denn sonst noch für Fehler? Sinn sa streitsüchtig, Alkoholiker, oder sinn s' gar Weiberhelden?«

Der Walter gibt auf alles eine erschöpfende Antwort: »Ooch, ch, ää!«

»Hamm sa Laster? Oder iss gar scho ämal eens gschieden in dera Verwandtschaft? Mer will ja sein Sohn net nei sein Verderben renn lass …«

»Ä, ä, uuh, ööh, chff.«

»Jetzt nuch was Wichtigs: Gibt's in dera Familie viel-

antie
3 Years
rranty

SPOT ONE
IHR PARTNER RUND UM'S LICHT

Spot One GmbH
Ruhlsdorfer Straße 31
D-15344 Strausberg

LED-Sensorleuchte

Lampe LED avec détecteur de mouvement
LED světlo se senzorem pohybu
Art-Nr.: 94440- Serie

Farbe:.........................

Bitte die Artikelfarbe vermerken

volbou

Kundendienst / Service clients
Služby zákazníkům

Service Team
Spot One GmbH
Ruhlsdorfer Straße 31
D-15344 Strausberg

Service Hotline
Tel. +49 (0)3341-3022-22
(Mo. bis Fr. 8:00 bis 18:00Uhr)
Fax.+49 (0)3341-3022-32
E-Mail: service@spot-one.de

n ausgefüllte

08/2022

Garantiekarte
Warranty Card

Liebe Kundin, lieber Kunde,

Unsere Produkte unterliegen einer strengen Qualitätskontrolle. Sollte dieser Artikel wider Erwarten nicht einwandfrei funktionieren, wenden Sie sich bitte an unseren umseitig angegebenen Kundendienst. Nur so ist ein für Sie kostenfreier Versand oder Abholservice möglich.

Die Garantiezeit beträgt 36 Monate und beginnt am Tag des Kaufes.
Bitte bewahren Sie unbedingt den Kassenbon als Nachweis für den Kauf auf.
Die Garantieleistung besteht nur für mögliche Mängel, die durch Material- und Fertigungsfehler auftreten.
Während der Garantiezeit können defekte Artikel an die umseitig angegebene Serviceadresse gesandt werden (kostenlos - unfrei nur nach vorheriger Rücksprache Telefon: 03341/3022-22. Sie erhalten eine zur Annahme notwendige Servicenummer, ohne diese Servicenummer erfolgt keine kostenlose - unfreie Annahme. Entstehende Kosten bei Versand ohne Servicenummer gehen zu Ihren Lasten). Sie erhalten dann einen neuen oder reparierten Artikel kostenfrei zurück.
Nach Ablauf der Garantiezeit haben Sie ebenfalls die Möglichkeit, den defekten Artikel zwecks Reparatur an die umseitig angegebene Adresse zu senden.
Nach Ablauf der Garantiezeit anfallende Reparaturen sind kostenpflichtig.
Mitgelieferte Leuchtmittel, Batterien, Akkus sind von jeglicher Garantie ausgeschlossen.
Bei missbräuchlicher und unsachgemäßer Behandlung, Gewaltanwendung und bei Eingriffen, die nicht von unserer autorisierten Service-Niederlassung vorgenommen wurden, erlischt die Garantie.
Ihre gesetzlichen Rechte werden durch diese Garantie nicht eingeschränkt.

Dear customer,

Our products are subject to strict quality controls. However, if this device should unexpectedly not function perfectly, please contact the customer services address given on the reverse first. This is the only way for you to be able to return your device or have it picked up free.

The warranty period is 36 months and begins on the day of purchase.
Please always keep your till receipt of purchase. Warranty claims can only be made for possible defects caused by material and production faults.
During the warranty period, defective device can be sent to the service address given overleaf for you (post paid). You will then receive a new or repaired device back free. After the warranty period has expired you still have the possibility of sending the defective device for repair to the address given overleaf. Repairs carried out after the warranty period must be paid for.

In the event of misuse or improper treatment, use of force or intervention not carried out by our authorised service branches, the warranty is no longer valid. This warranty does not restrict your legal rights.
Note: In the event of a warranty claim, please return the till receipt and completed warranty card with fault description together with the defective device.

Carte de garantie

Záruční list

e cliente, cher client,

oduits sont soumis à un contrôle de qualité rigoureux. Si cet appareil ne fonctionnait pas parfaite-
contre toute attente, veuillez vous adresser d'abord à notre service après-vente indiqué au verso.
a la seule possibilité pour vous d'envoyer l'appareil gratuitement ou de le faire récupérer.

iode de garantie s'élève à 36 mois et commence à la date de l'achat.
z conserver impérativement le bon de caisse à titre de pièce justificative de votre achat. La presta-
garantie ne sera applicable que pour des vices possibles qui se présentent en cas de défaut de
el et de fabrication. Pendant la période de garantie, vous pouvez envoyer àtitre gratuit (en port dû)
pareils défectueux à l'adresse de service indiquée sur le verso. Vous recevrez alors un appareil neuf
aré gratuitement. Après expiration de la période de garantie, vous avez également la possibilité
oyer l'appareil défectueux à l'adresse indiquée au verso pour le faire réparer. Après expiration de la
e de garantie, les réparations à faire sont payantes. En cas de traitement abusif et non conforme,
loi de la violence et en cas d'interventions qui n'ont pas été réalisées par nos agences de service
sées, la garantie expirera. Vos droits légaux ne sont pas restreints par cette garantie.

**ation: En cas de revendication de la prestation de garantie, veuillez impérativement envoyer
n d'achat et la carte de garantie remplie par vous-même avec la description du défaut avec
areil défectueux.**

zákaznice, milý zákazníku,

výrobky podléhají přísné kontrole kvality. Nebude-li tento přístroj bezchybně fungovat, pak se nejprve
t'te na služby zákazníkům uvedené na první straně.

ční lhůta činí 36 měsíců ode dne koupě.
e si prosím uschovejte pokladní doklad jako důkaz o koupi.
ka se vztahuje na možné nedostatky ohledně materiálu a výroby.
em záruční lhůty můžete zaslat zdarma (za poštovní poplatek) přístroj na adresu servisu
dené na první straně. Pak obdržíte zdarma nový nebo opravený přístroj.
uplynutí záruční lhůty máte rovněž možnost zaslat vadný přístroj na adresu servisu uvedené
rvní straně.Opravy prováděné po uplynutí záruční lhůty jsou placené.

neodborném a nesprávném zacházení s přístrojem, při použití síly a zásahům, které nebyly provedeny
ími autorizovanými servisními pobočkami, zaniká nárok na záruku, Vaše osobní práva nejsou thouhle
ukou omezena.
**ozornění: Při využití záručních výkonů prosíme nutně o zaslání pokladniho dokladu a Vámi
lněným záručním listem, společně s vadným přístrojem.**

Garantiekarte/Warranty Carc

Carte de garantie/Záruční list

Name/Surname/Nom/Příjmení

Vorname/First Name/Prénom/Jméno

Adresse/Address/Adresse/Adresa

PLZ/Zip Code/CP/PSČ

Land/Country/Pays/Stát

Stadt/City/Ville/Město

Telefon mit Vorwahl/Phone no. With area code/Téléphone avec indicatif/Telefonní číslo s

Fehlerangabe/Fault description/Description du defaut/Popis závady

Hinweis: Bei Inanspruchnahme der Garantieleistung bitte unbedingt Kaufbon und von
Garantiekarte mit Fehlerbeschreibung zusammen mit dem defekten Artikel einsenden.

Kaufdatum/Date of Purchase/Date d´achat/Datum koupě

Unterschrift/Signature/Signature/Podpi

leicht gar ansteckende Krankheiten oder vererbbara? Die Kinner laffertn ja nei ihrn Unglück vor lauter Tollerie.«

»Üüüh, fff, äässs.«

Jetzt iss än Walter sei Zahn fertig. Die Watte fliegt raus.

»Sooo, jetzt spüln Sie ämal aus. – Mei Sohn, gläb ich, mag des Mädla aa.«

Der Walter spült, der Walter spuckt, der Walter räuspert sich. Jetzt will er endlich sei ehrlicha Meinung über die Müllers sag: »Also, Herr Dokter, ich will fei nix gsacht hab, aber wenn ich ganz ehrlich sei soll, dann sieht des bei die Müllern folgendermaßen aus …«

Der Walter hat aber net mitn Zahnarzt seiner Termine gerechngt: »So, jetzt werd drei Stund lang nix gessn, und dank schön, dass Sie mich über die Müllers aufgeklärt hamm. Mer muss doch schließlich als Eltern wiss, mit waffer Leut dass mer's zu tun hat. Ich kenn jetzt die Verhältnisse in- und auswendig, ich hab Sie genau verstanna. Dank schön für die Auskünfte. – Der nächste, bitte!«

Transplantationen

»Transplantationa wern immer mehr,
es werd nix mehr gstorm.
In Afrika iss ä Niern von än Affm verpflanzt worn.« –
»Was? Von än Affm? Des gläb ich net.
Wär des net besser gewesen,
wenn des ä Arzt gemacht hätt?«

Schwanger

Der klee Peter sitzt in der Straßenbahn.
Ä Fraa kummt rei, er bietet sein Sitzplatz an.
Sie iss schwer beladen und recht blass im Gsicht,
und deutlich iss, dass sa bald Nachwuchs kriegt.

Jetzt lächelt sa dankbar den Peter an
und secht: »Du bist wirklich ein Tschentlemann.«

Am nächsten Tag frecht die Lehrerin so nebenher,
ob net eener wissert, was ein Gentleman wär.
Des iss ä Frag, die den Peter net schwitzen lässt:
»Ä Gentleman«, secht er, »iss ä Moo,
wu ä Fraa, wu ä Kind kriegt, sitzen lässt.«

Der Anton

Schafkopf iss sei Leidenschaft. Der Anton und Schafkopf, des iss eens.

Heut iss es besonders schön gemütlich beim Schafkopfen: Er iss krank gschriem, der Anton. In der linken Hend hält er die Karten, wo so fächerartig aufgsteckt sinn, und an der rechten, mit dera wu er ausspielt, Schoppm trinkt und abhebt, statzt ein dick mit weißem Mull verbundener Zeigefinger in die Höh. An zwä Stelln sieht mer sogar ä bissla Blutspuren durch den Mull schimmern, und wenn eener vo die annern geb muss, langt er mit seiner linkng Hend ä weng an den Verband hin und secht: »Mensch, des tut dir vielleicht weh, und des pocht, und ganz häß isser, mei Finger. Der heilt so schnell net.«

Und des mit den Finger iss so kumma:

Vor zwä Wochng in der Fabrik in Schweinfurt iss es passiert. Er hat sich beim Feiln oder beim Bohrn oder beim Schneidn nei sein Zeigefinger gfeilt, gebohrt oder gschnittn. Er hat gschria wie ein Ochs, hat sich rasch so viel Blut rausgedrückt wie möglich und iss sofort nein Verbandsraum gerennt.

»Schwester, helfen Sie mir, ich kann's kaum aushalt!« hat er gejammert.

Sie hat än Bericht gschriebm, »blutüberströmt» hat sa auf sei Anordnung hin neigschriebm und hat na hemmgschickt zu einen Chirurgen, obwohl sa zu na gsacht hat: »So schlimm iss es jetzt aa wieder net.«

Der Chirurg derhemm in Haßfurt hat na gfrecht: »Wolln Sie wirklich wecher so einen Klacks krank gschriebm wer?«

»Klacks nenna Sie des? Gäbm Sie mir ä Beruhigungsmittel, ä Schmerzmittel und ä blutstillendes Mittel. Ich hab einen Schock. Mein Schlaf die nächsten paar Nächte kann ich vergess! – Wie lang schreibm Sie mich denn krank?«

»Na ja, ich hätt ämal gsacht, morchng könna Sie wieder auf die Ärbet.«

Damit hat der Arzt net grad sei Todesurteil unterschrieben, aber einen Patienten verloren, der zu großen Hoffnungen Anlass gegeben hat und auch viele Weiterempfehlungen unternomma hätt. Aber so?

»Morchng? Ich gläb, ich spinn! Herr Dokter, mir wird's ganz annersch, ich muss mich auf Ihr Liege leg, ich hab ä Trauma. – Wann nähn Sie denn mein Finger?«

»Da gibt's doch nix zu nähn. Des heilt schnell wieder.«

»Schnell? Hamm Sie eine Ahnung! So was dauert leicht sei zwä, drei Wochng. Ich bin bis dahi praktisch ä Pflegefall. Ich kann net ess und net trink, anzieh kann ich mich aa net, und wenn ich pieß muss, muss aa eens mit zum Haltn. Und wer soll mir mein Hintern abputz?«

»Na, na, na, jetzt machen Sie's aber mal halblang! Also gut, aber höchstens zwei Wochng.« Der Dokter schreibt krank und bleibt im Gschäft.

Doch der Dokter war no net fertig. »So, jetzt wolln mir einmal einen neuen Verband anlegen; leicht, damit auch Luft hinkommt.«

Der Anton hat schlimmste Bedenken ghabt: »Herr Dokter, es derf fei aa ke Dreck neikumm und ke kalter Luftzug. Wolln Sie den Finger net schienen und ä weng dicker verbind?«

»Nein, das ist schon so richtig, und den alten Verband schmeißen wir weg.«

»Nä«, hat der Anton gschriea, »lassn Sie na da! Ich will na als Erinnerung mitnehm. Ich heb mir alla Verbände von meiner Berufsverwundunga auf.« Und er grapscht sich den alten dicken Verband mit die Blutflecken und steckt na ei.

Derhemm hat der Anton als erstes nach seiner Fraa

gerufm und gsacht: »Fraa, ich bin zwä Wochng krank gschriebm und krieg wahrscheints noch acht Tag Verlängerung. Was mach mer denn zuerscht? Tapeziern mir den Klausi sei Zimmer, oder leg mer den Teppichboden für die Oma?«

Der Anton hat vierzehn Tag bezahlte Auszeit ghabt und hat diese Zeit und sein Dienstherrn ganz schö ausgenützt. Er hat Rasen gemäht, tapeziert, Böden und Leitunga verlegt und sogar noch bei die Nachberschaft gholfm. Immer wenn na eens nach sein Finger gfrecht hat, hat er gejammert und gstöhnt und hat gsacht, dass es na scho wieder ganz schlecht werd.

Natürlich war er net so krank gschriebm, dass er net aa ämal naus die Luft gekönnt hätt. Nein, so ä Spaziergang gehört – des wäß doch ä jeder – zum Heilungsprozess praktisch derzu; des iss die reinste Therapie. Und noch äwas: Freude und Freunde muss der Mensch aa haben. Ohne Freunde iss jede Therapie zum Scheitern verurteilt. Liebevolle Freunde - Freunde, mit dena wu mer aa sei Not, sei Leid und auch sein Krankenstand besprech kann.

Und so iss es kumma, dass der Anton fast jeden Abend beim Jünglings Beck ghockt war und mit seina Freunde Schafkopf gspielt hat. Für solche Anlässe war's gut, wenn der Anton noch ä weng leidend war, und da hat er aa immer sein altn dickng Blutsverband angelegt. Des hat einfach dramatischer ausgsehn und hat ihm viel Mitleid eingebracht.

Zurück zum Jünglings Beck. Jetzt hat der Anton ä Solo ›Du‹ und vergisst in seiner Euphorie Zeit und Raum und alles. Er mecht alla Stich und sullt die Kartn ner so aufm Tisch. »Und die, und die, und die! Hosen runter!« schreit er.

Da begehrt der Karl auf: »Moment ämal, mir hamm fei aa noch Trümpf!«

Aber der Anton zieht weiter. »Und die von hintn!« brüllt er schließlich und knallt mit Schwung und Gewalt mit seiner rechtn Hend die Schelln-Sau aufm Tisch.

Wie er so mit Schwung und Gewalt die Schelln-Sau aufm Tisch haabt, fliecht na quer durchs Zimmer sein mit Blut getränkter Mullwindelverband von sein Finger weg Richtung Herrgottswinkel, und heraus kummt unter dem Verband ein auf wunderbare Weise gut und längst verheilter Finger, dem man die schweren Verwüstungen der Verletzung nicht mehr im entferntesten ansieht.

Sei Freunde hamm eine Fräd. »Ja, Anton, du bist ja wieder gsund! Dei Finger iss ja verheilt!«

»Denkt ihr! Äußerlich iss er zu, aber inna … Wenn ihr die Schmerzen aushalt müssert, da redert ihr annersch. Ich denk, ich beantrag ämal ä Kur oder ä Reha. Da kummt mer aa eher in Rentn, wenn mer ämal auf ä Kur war.«

Medikamente

Ich geh zum Dokter und sag,
er soll mir äwas gecher mei Kopfweh gäb,
denn der Dokter muss ja schließlich aa vo irgend äwas läb.
Er verschreibt mir äwas, woran mer fei fest gläb muss,
Und ich käff's,
weil der Apotheker ja aa vo irgend äwas läb muss.
Die Tablettli soll ich einämm?
Da müsst ich mich ja übergäb!
Ich schmeiß sa weg, denn –
ich will ja schließlich aa nuch ä wengla läb.

Ä guter Dokter

»Herr Dokter, sachng Sa mal ehrlich,
ob scho so äwas gäbm hätt:
Vor fümf Jahr hamm Sie gsacht,
dass ich bloß noch ä halbs Jahr zu läbm hätt.
Nachdem Sie des gsacht hamm mit dem halben Jahr,
bin ich zu än zwättn Dokter, des iss doch klar.
Und guckng Sa mich an – ich bin dick und rund.
Schon fümf Jahr bin ich kerngesund!« –

»Dann«, secht der erste Dokter und grantelt,
»dann hat Sie der Mann eben falsch behandelt.«

Lebensversicherung

»Anna, stimmt des, was dei Tochter geprahlt hat,
dass die Versicherung nach dem Waldunfall Geld
bezahlt hat?« –
»Ja, ja, für mein Moo, der jetzt draußn Friedhof liegt,
hab ich hunderttausend Euro Entschädigung kriegt.«

»Waaas? Kaum zu glaubm!
Bloß dass dein Moo der Baam erschlagen hat,
dass da die Versicherungssumme hunderttausend Euro
betragen hat.
Des hat sich gelohnt, des Gschäft war gelunga.
Und *mei* Moo war so blöd und iss auf die Seitn
gschprunga.«

Erbanlagen

Die Fraa iss wütend, und auf ihrn Moo schreit sa nei:
»Jetzt bin ich mir sicher: Du bist mir nicht treu!
Jetzt hab ich den Beweis, du bist ein Filou!
Guck die Kinner an – kenns sieht aus so wie du!«

Zellulitis

Än Bürschla von der schüchtern Art,
dem gibt sei Freund än gutn Rat:
»Du dummer Kerl bist viel zu scheu!
Die Frauen wolln erobert sei.

Du musst die Junga wie die Reifm
an ihrer schwächsten Stell angreifm.
Vor allem musst die Schönheit preisen,
auf Aachng, Haut und Haar hinweisen.

Mechst Komplimente, süß, kokett.
Wenns aa net stimmt – die merkng's net.
Besonders sinn die Frauen erbaut,
wennst sechst: ›Sie hamm ä Pfirsichhaut.‹

Und wenns da sechst (werst sehn, da lacht sa):
›Sie hamm ä Haut so zart wie mit achtza‹,
dann hasta praktisch scho gewunna,
wirst mit aufs Kanapee genumma.«

Am nächsten Tag, es iss soweit.
Er, feuerrot, steht vor der Maid:
»Sie hamm … Sie hamm«, er stottert, er scheniert sich,
»Sie hamm … ä Haut …
wie ä … achtzehnjähriger Pfirsich!«

Die Lebensversicherung

Än Ernst sei Fraa, die Agnes, iss krank, und es werd und werd net besser. Im Gegenteil, es werd schlimmer. Sie muss nein Krankenhaus, und die Doktern probiern alles mit era aus. Sie liegt elegant in än feina Zimmer, und der Chefarzt iss ihr Dokter. Der Ernst und sei Fraa sinn zwar bloß DAK-versichert, aber im Krankenhausfall sinn sa zusatz-, also extra versichert. Was aber nützt die beste Versicherung, es feinsta Zimmer, der teuerste Chefarzt, wennsta krank bist und kenner wäß, was dir fehlt?

Die Agnes liegt auf ihrer Bettstatt und simliert: Sie iss jetzt fümfävierzig Jahr alt. Es werd mer doch net gar äwas Schlimms sein? Der Dokter hat zwar gsacht, so arg isses net, aber was wissn scho die Doktern?

Der Ernst liegt aa in sein Bett, derhemm, ganz ällee. Es iss scho früh neuna, aber der Ernst hat außer ä bissla Harndrang keinerlei Druck. Heut kann er ämal liegbleib – so lang, wie er will. Wie er sich grad wieder genussvoll auf die Seitn dreh will, läut es Telefon.

»Hallo! Ja, ich bin's, der Schorsch.«

»Grüß Gott, Schorsch! Na, wie? Ob ich nuch schlaf? Ja, was denkst denn du? Bei uns geht's früh raus. Um halber siema iss mei Zeit. Wie mir's geht? Es könnert mir alleweil gar net besser geh.«

Der Schorsch iss gleichzeitig guter Freund und guter Versicherungsvertreter. »Es gibt was Neus«, hat er mitzuteilen, »was Neus im Versicherungsrecht; ä Gsetz iss geändert worn. Also, pass auf: Die Höchstgrenze der steuergünstigen Versicherungssumme bei betrieblicher Altersversorgung iss naufgsetzt worn, und dei Fraa hat doch ä betriebliche Altersversorgung als Lebensversicherung.«

Der Ernst erinnert sich dunkel an seiner Fraa ihr Versicherunga. »Ja, und?«

»Na, mit anderen Worten: Du kannst jetzt endlich deiner Fraa ihr betriebliche Lebensversicherungssumme erhöh und dadurch Steuern spar.«

»Aber mehr bezahl …«

»Aber Steuern spar!«

»Aber monatlich mehr bezahl …«

»Ja, scho, aber bei einer unglaublichen Steuerersparnis!«

Der Schorsch kennt än Ernst sei schwacha Seitn. »Wie viel Steuern willst denn du noch bezahl? Wo die drobm in Berlin doch ner bloß es Geld, unner Geld, zum Fenster nausschmeißn! Versorg doch lieber dei Fraa, statt dass des dena Politiker gibst.«

Än Ernst sei Festungsmauer bröckelt. Er iss ä Knauser, und er will dena Berliner Geldverschwender keinen Cent zuviel geb.

Der Schorsch spürt durchs Telefon, dass es Eisen heiß iss, dass mer's jetzt schmied muss. »Ich kumm gleich ämal vorbei, und dann zeig ich dir, wie des neua Gsetz aussieht.«

Halt! Der Ernst liegt ja noch im Bett und will erst noch frühstück. »Nä, ich muss noch än wichtigen Gang erledig. Kummst in eenähalb Stund, dann hab ich Zeit.«

Klingelingeling. Pünktlich um dreiviertel elfa steht der Schorsch auf der Matte. Er geht rei, setzt sich und erklärt dem Ernst die neue Obergrenze von der Lebensversicherung von der Agnes. Dass die Agnes selber gar net da iss, iss net so wichtig. Der Schorsch kann sowieso net so viel Einwände brauch.

»Also, ich hab's scho fix und fertig ausgfüllt. Da, guck her: Statt bisher 50000 Euro kannsta jetzt auf 70000 geh. Iss des net toll? 70000 Euro! Die Gewinnanteile noch gar net gerechngt.«

»Ja, aber der Beitrag erhöht sich ja aa beträchtlich.«

»Des bissla soll beträchtlich sei? Mach der doch net nei

die Hosn. Denk lieber an die 20000 Euro mehr, und zwar …« (der Schorsch hebt sei Stimm und spielt jetzt seinen Haupttrumpf aus) »… und zwar ohne – hör zu! – ohne erneute ärztliche Untersuchung. Hast ghört?«

Bei den Worten »ärztliche Untersuchung» fällt dem Ernst wieder ei, dass die Agnes ja im Krankenhaus liegt. Er kriegt än Schreck, und was er befürchtet, tritt ein. Der Schorsch frecht: »Wo iss denn eigentlich die Agnes?«

»Die Agnes? Die … die iss in der Stadt und besorgt was.«

»Schad, dass sa net da iss, dann hätt mer's gleich fertig mach könn. Tut mer leid, ich muss weiter. Wenn sa kummt, dann lässt sa da unterschreib, wo ich des Kreuzla gemacht hab, und schmeißt mer's eefach nei mein Briefkasten.«

Der Schorsch hat's zwar net eilig, aber er will Tennis spiel, und wecher so än Scheißerla von 20000 Euro kann er sich net dahersetz und auf die Agnes wart. Er geht, und der Ernst studiert noch einmal die neue Police.

Jetzt iss sei Agnes wirklich gut versorgt. Er hat aa noch ankreuz lass »Bei Unfalltod das Doppelte«. Da will er net so sei, da iss er selbstlos und großzügig. Er erinnert sich an die viela Unfäll, die wo scho grad im Haushalt passiert sinn. Die Versicherte hat zwar dann nix mehr dervo, aber sie kann mit gutem Gewissen und getrost die Aachng zumach; ihr armer Moo iss im Unfallfall gut versorgt, er steht dann net mittellos da.

Fast wärn dem Ernst die Träna kumma, aber er hat ke Zeit zum Heuln, er will nei die Klinik zu seiner Agnes, wenn er scho gestern net da war. Gestern hat er net gekönnt, da war Schafkopf-Turnier. Heut kummt er, und bei der Gelegenheit kann er seiner Fraa aa gleich die Versicherung unterschreib lass. Er fährt beim Aldi vorbei und käfft ä paar Bluma. Die sinn zwar in Zellophan gepresst, aber dafür aa net so teuer arrangiert.

Klopf, klopf!

Der Agnes ihr »Herein!« hörsta kaum.

»Na, mei Schätzla, wie geht's? Hast ä Blumavasn? Was macht denn dei Zustand?«

»Ach, ich wäß net«, flüstert die Agnes, »heut geht mer's gar net so gut.«

»Naja, so schlimm werd's aa wieder net sinn. Vielleicht sinn's ner bloß Blähunga oder dei Gall, die hasta doch scho immer wieder ämal gspürt.«

»Nä, Ernst, ich gläb, es werd immer schlechter. Heut nacht hab ich kein Aug zugemacht, und du wirst dir sicher aa Sorchng gemacht hamm. Ernst, erschrick jetzt net, aber ich fühl's: Ich gläb, ich muss sterb.«

Bei dem Wort »sterb» fällt dem Ernst siedend heiß die Lebensversicherung ein. Er kramt des Papier raus aus der Aktentasch und legt's aufs Bett.

Da hört mer ganz schwach von der Agnes: »Hast äwas zu lesen mitgebracht? Nehm's wieder mit, ich will's net, ich hab zu nix mehr Lust – net ämal zum Lesen.«

»Nä, des iss ein Versicherungsantrag. Ich hab dei Lebensversicherung um 20000 Euro erhöht.«

In dem Moment iss mit der Agnes eine schlagartige Veränderung vor sich ganga. »Was hast du?«

»Dei Lebensversicherung hab ich erhöht. Es iss ä neus Gsetz …«

»Was fällt denn dir ei? Ich lieg hier und ring mit dem Tod«, der Agnes ihr Stimm hörsta jetzt bis nausn Gang, »und du hast die Frechheit und die Abgebrühtheit und erhöhst mei Lebensversicherung, du eiskalter Egoist, du Lump, du trauriger, du …«

»Aber die Steuerersparnis …«

»Ich scheiß dir auf dei Steuerersparnis! Du denkst bloß ans Geld! Früh, Mittag und Abend bloß ans Geld, und dei todkranka Fra iss dir völlig wurscht!«

Draußn Gang laffm die Schwestern, zamm und der Stationsarzt kummt aa derzu. »Wer schreit denn da so?«

»Die Schwerkranke aus Zimmer 105.«

»Wer so schrei und schent kann, iss net schwerkrank.«

Im Zimmer 105 sitzt die Agnes aufrecht im Bett, angriffslustig, mit blitzenden Augen und auf eemal mit einer gsunden Gsichtsfarb. Sie dirigiert, und der arm Ernst muss den Koffer pack.

Die Schwester guckt vorsichtig rei an der Tür.

»Schwester, ich geh hemm, und zwar auf eigenen Wunsch! Mir geht's wieder gut! Sachng sa dem Herrn Dokter, er braucht sich nix mehr zu bemühn! Ich muss derhemm nachng Rechtn guck, da geht's ja scheints drunter und drüber!«

Der Ernst hat nix mehr zu sachng. Der Versicherungsantrag liegt zerschlitzt im Nachthäfela, und die Agnes steht gstiefelt und gspornt unter der Tür. Krank? Dass ich net lach! Krank – des war gestern!

Suchtkrankheit

Die Raucher wolln einfach vom Nichtrauchen nix hör,
deraweil kann doch des Rauchen die Gsundheit zerstör.
Aber jetzt gibt's endlich ä Buch über des Raucherunwesen.
Wenn des ä Raucher liest, hört er sofort auf – zu lesen.

Der Chirurg

»Ich hab ä guta und ä schlechta Nachricht«,
secht der Chirurg nach der Operation. –
»Zuerst die schlechte«,
bettelt der Patient, noch ganz im Tran.

»Mir hamm«, jammert der Arzt in Gram, ganz verzehrt,
»mir hamm Ihr gesundes Bein amputiert.«

»Und die gute?«
frecht der Patient mit bebenden Mund. –
»Des kranka Bee, wu mir drangelassn hamm,
werd wieder ganz gsund.«

Kindersegen

Mir Männer hamm des fei gar net so gern,
dass die Frauen immer wieder bevorzugt wern.
Zum Beispiel: Mir sinn ä kinderreiche Familie,
da iss nix derbei –
aber warum hat mei Schwester vier Brüder
und ich ner bloß drei?

Fit for fun

Bautsch! hat's gemacht, und än Schrei hat's getan, und der Walter war im Straßengrabm gelegen. Mir sinn halt aa ziemlich rasch Rad gfahrn, mir alta Turner. Windschatten wie die Junga sinn mir gfahrn, weil mir des Sportabzeichen gemacht hamm – der eenzich Orden, den wo mer sich wirklich verdien muss, wie der Karl immer secht.

Wie gsacht, der Walter war jetzt im Straßengrabm gelegen, und mir warn um na rumgstanna. *Fit for fun.* »Was hasta denn gemacht, Walter?«

So ä blöda Frag! Obwohl mer's genau wäß, und obwohl mer's sicht, frecht mer halt anstandshalber noch ämal.

Der Walter hat än Schock ghabt, er hat nix sag könn, käsweiß war er, sei Helm war freckt, und an seiner rechtn hintern Schulter, an sein Schäuferla sozusachng, hat sich so ä komischer zackiger Knochen durch sei T-Shirt gedrückt.

»Gott sei Dank, dass nix passiert iss«, hab ich na beruhigt, und gedacht hab ich: Gott sei Dank, dass er sei rechta hintera Schulter net seh kann.

Jetzt hat der Walter sei Sprach wiedergfunna: »Mei Schulter tut weh«, hat er tapfer festgstellt.

Und ich hab den komischn Knochng angeguckt, hab na auf sei linka, auf sei guta Schulter getätschelt und hab gsacht: »Mer sieht nix, Walter. Es kann net so schlimm sei.« Es hat aber bös ausgsehn.

Endlich hat ä Auto ghaltn, und der Josef, unser Übungsleiter, hat festgelegt: »Wäßt was, Walter? Wennst aa nix hast, so iss es doch besser, du lässt dich im Krankenhaus ämal von än Dokter anguck, dass du beruhigt bist.«

Mir hamm den Walter ganz vorsichtig neis Auto

ghobm und sinn viel langsamer und vorsichtiger des letza Stückla auf Haßfurt zu gfahrn.

Am Ziel hat alles durchänannergeräbert:

»Hast du den Bruch am Schulterblatt gsehn?«

»Da sinn bestimmt sämtlicher Bänder und Sehnen gerissn!«

»Ohne Helm hätt er än schweren Schädelbasisbruch ghabt!«

»Vor zwä Wochng kummt der aus dem Krankenhaus net raus.«

»Ob er überhaupt noch ämal … Des sicht mer erscht nach der Notoperation.«

»Seid ämal ruhig!« Des war der Josef. Er gibt des Kommando: »Eener vo uns muss die Roswitha benachrichtig. Eener muss die traurige Botschaft überbring. Am besten iss, des mechst du, Wilhelm.« (Des war ich.) »Du wohnst am nächsten da, da bista aa als erschtes derhemm.«

Ich hab mich gewehrt: »Ich kann so was net – nä, also des hab ich noch nie gemacht.«

»Eener muss es mach! Du kannst des bestimmt, du kannst's ja ä weng fröhlich nüberbring, dass sa net gleich aus die Latschn kippt.«

»Also, gern mach ich so was fei net. Wenn sa mich hört, denkt sa vielleicht, Wunner, was ich will. Vielleicht denkt sa, ich will era än Witz erzähl.«

»Zu, stell dich net so an. Geh hemm und telefonier!«

Was wista denn da noch lang widersprech …

Klingelingeling!

»Ja, hallo?«

»Hallo, ich bin's, der Wilhelm.«

»Du? Dass du mich aa ämal anrufst! Gell, du willst mir än Witz erzähl? Und ausgerechngt, wenn der Walter net derhemm iss?«

»Nä, ich wäß heut kenn Witz. Der Walter iss heut net da, gell?«

»Nä, der iss beim Radfahrn fürs Sportabzeichen. Gell, du bist net mitgfahrn?«

»Jo, ich war aa derbei.«

»Na, häst du doch den Walter seh müss.«

Mensch, war des schwer, än Übergang zu finna. Ich muss doch die Trauerbotschaft überbring, zum Dunnerwetter.

»Ich hab na natürlich gsehn. Er iss doch sogar an mein Rad angstoßn – ä weng gstreift halt.«

»Was? Iss was kaputt ganga an sein gutn Rad?«

»Nä, passiert iss fast überhaupt nix. Am Rad sowieso fast nix, bloß der Walter …«

»Was iss mitn Walter?«

»Der Walter iss nein Straßengrabm gfahrn, und er iss ä bissla runtergfalln, aber bloß ä ganz klenns bissla. Und ganz weich iss er gfalln, ganz weich nein weichng Gras.«

»Ja und, dann müsst er ja gleich hemmkumm. Der werd aa net gscheiter, der alte Depp. Gut, dass er sein Helm aufghabt hat.«

Jetzt muss die Wahrheit auf den Tisch: »Der Helm iss leider freckt.«

»Was? Na, iss er doch net so weich gfalln, wenn sei teuerer Helm …«

»Jo, gläb mer's, sei Kopf iss ganz OK. Der Kopf könnt net besser sei. Bloß sei …«

»Jetzt sag scho, was passiert iss!« Die Roswitha war jetzt total aufgeregt und nah am Heulen.

Und da sollst du ungeschminkt die Wahrheit sag, sollst era sei zerschmettertes Schulterblatt liebevoll auf ihrn Schoß leg? Ich kann des einfach net. »Roswitha, jetzt setz dich erst ämal hin.«

»Was? So schlimm iss es?«

»Nä, es iss gar net schlimm! Weniger wie ä Muckeschissla iss es. Aber in seiner Schulter hat der Walter ä bissla was gspürt, und obwohl mer nix gsehn hat, hamm mir gedacht, mir lassn na ämal im Krankenhaus von än Dokter anguck. Bloß vorsichtshalber, wirklich. Ich wett, es iss gar nix weiter, und in ä halber Stund sitzt er bei dir beim Abendessen.«

»Krankenhaus!«

Ich hab direkt durchs Telefon gsehn, wie die Roswitha in die Knie ganga iss, wie sa bleich worn iss und wie sa wahrscheints ä Konjäckla gebraucht hat oder ä Herztröpfla.

Mei Aufgab war noch net rum. »Roswitha, so ä Schulter iss doch widerstandsfähig und elastisch. Da passiert so schnell nix bei so än altn Turner wie den Walter. Vielleicht war's bloß sei Rheuma, des wu er gspürt hat.«

»Der Walter hat ke Rheuma! Ach Gott, ach Gott, ach Gott, der hat bestimmt sei Schulter gebrochng und muss operiert wer'.«

Da sieht mer wieder ämal: Frauen sinn net dumm, und sie blicken durch. Die Roswitha hat die Situation voll erfasst, aber mei Aufgabe war ja immer nu net erledigt. Ich hab ja Fröhlichkeit nüberbring soll und Sorglosigkeit.

»Roswitha, was denkst denn du! Nie und nimmer muss mer so leichta Schulterbeschwerden operier. Mer hat doch fast nix gsehn.«

»Fast nix!«

»Naja, ä klenns Hüppela, mehr wie so ä klenns Gschwülstla.«

»Vorhin hast du gsagt, mer hätt gar nix gsehn.«

»Zuerst hat mer ja aa gar nix gsehn«, hab ich beteuert und hab an den scheußlichng Knochng gedacht, der wu ausn Walter seiner Schulter rausgstatzt war.

»Auf welcher Station liegt er denn?«

»Aber Roswitha, der Walter liegt doch net, der steht aufrecht als alter Turner, und wahrscheints iss er scho zu Fuß unterwegs, hemmwärts zu dir.«

»Zu Fuß? Und sei teuers Rad?«

»Des Rad iss freckt, bei so än schweren Sturz …«

»Schwerer Sturz? Vorhin hast du gsagt …«

»Fürs Rad war's ä schwerer Sturz, aber fürn Walter war's ä Scheißerla.«

»Hör auf, ich kenn dich. Du willst mich ja ner bloß beruhig.«

»Iiiich? Nä, ganz bestimmt net. Ich hab dir ungeschminkt die Wahrheit gsagt.« Und ich hab noch än Meineid drauf gsattelt: »Wirklich wahr, Roswitha: Tot möchert ich umfall, wenn des fürn Walter net wirklich und wahrhaftig ä klenns Scheißerla iss.«

Heut wäß ich, dass sa im Krankenhaus genau zu dem Zeitpunkt bereits am Walter sein Scheißerla rumoperiert hamm. Drei Stund hat's gedauert, bis sa alla gerissena Bänder und Sehnen wieder zammgenäht ghabt hamm und bis sa mit ä paar Schräubli und Mütterli sei Schulterblatt wieder grad gebracht hamm.

In dem Jahr hat der Walter sei Sportabzeichen net gemacht. Er hat's aus müss fall lass. Nach än dreiviertel Jahr iss der Walter wieder zum Altherren-Turna kumma an die Mittwoch. Die merschtn Übunga hat er sogar wieder mitmach könn; bloß sein rechtn Arm hat er net gscheit hochgebracht. Aa nachng Turna, beim Michael, dem Vereinswirt, wenn er der Bedienung hat wink woll – sei rechter Arm war einfach nix mehr des, was er ämal war. Aber eens muss mer sag: Auf Schoppenhöhe hat er sein Arm scho wieder gebracht. So gsehn war er scho wieder *fit for fun*, genau genumma.

Körperbau

Wenn mer in Franken ä Häusla baut,
werd streng auf fränkischen Baustil gschaut.
Und aa die Frankenmädli, die junga wie die altn,
sinn im fränkischen Baustil ghaltn.

Des geht scho unten bei die Rundbögen aa;
ä stabiles Mauerwerk findst da daa
und kräftiga Spries, fest eingerammt –
aa ä Frankenmädla setzt mer net nein Sand.

Und dann es Fachwerk, erst grad, dann ä Bögela
und auch ä Nischn für ä Nest für än Vögela.
Aa bei fränkischa Mädli gibt's Nischn, ä Gräbela,
die zarta Achseln, es gschwungena Schnäbela.

Und aa ä Balkon iss am fränkischen Haus,
allerlei Bluma hänga da oben raus.
Und wie bei än Haus aus Stee und aus Holz,
ä fränkisches Mädla iss aa auf sei Brüstung recht stolz.

Die Dächer sinn rot und steil und geneigt,
so wie es der fränkische Baustil zeigt.
Aber Frankenmädli wern aa rot, sie kenna kenn Leichtsinn,
und sie sinn scheu – obwohl sa, wie die Dächer,
geneigt sinn.

Husten

Die Mutter kennt die alta Hausmittel noch: »Da, hast noch ä Tassn Salbeitee, und nämm noch ämal von dem Bronchialmittel.«

Der Hans trinkt und schluckt gehorsam. Eigentlich iss sei Krankheit ziemlich rum, aber der Husten will und will net vergeh. Oft spürt er na ä Viertelstund lang net, aber dann kummt wieder so ein Hustensturm, und er kulcht, dass na die Aachng raustreten. Und ausgerechngt heut abend hat er sei neua Freundin, die Birgit, eingeladen. Die erste erfolgreiche Einladung mit geplanter Verführung.

Sei Schwester reibt na sei Brust mit Gensfett ei, die Mutter mecht na ä Fußbad, und die Oma sucht in ihrn Medikamentenkistla nach schleimlösende Mittel. Ein Bild des Friedens könnt des sei, aber es iss siema, und um achta geht des Konzert an, und er muss noch Bluma besorg und muss noch sei Birgit abhol. So, Füäß abgetrockngt, Hemd zugeknöpft, Mukosowieso gschluckt. Und dann ab! Noch än Probehusterer – es iss besser worn, der Reiz iss scheints ziemlich weg.

»Nemm noch ä Tütla Eukalyptus mit!«

Er steckt's ei. Im Konzert derf mer doch net hust.

Gut dass sa die Kartn scho hamm, es sinn bloß noch zehn Minuten, und die Birgit und der Hans suchng ihr Plätz. Ausverkauft iss es net, des Konzert, höchstens halber voll, überall sinn noch leera Stühl. Naja, er wär ja *aa* net rei, wenn er net seiner neua Freundin imponier hätt woll.

Ä klenner Proberäusperer noch; die Bronchien haltn, Gott sei Dank.

Die Musiker stimma noch ä weng quer durchänanner, dann kummt der Dirigent. Die Leut patschen. Er betritt sein Pult, hebt sein Taktstock, hält noch ämal kurz inne

– da, auf eemal: Haaaaatschiii! Da niest eener aber arg laut. Nä, net der Hans, ä annerer, aber der Nieser höckt ganz in der Näh vom Hans. Der Dirigent dreht sich rum, schaut bitterbös und strafend in die Richtung von dem Nieser, und dann fängt er an zu dirigieren.

Mit än *Fortissimo* geht's los. Der Maestro fachiert mit sein Steckela wie ein Verrückter, die Geiger schrubbm auf ihra klenna unschuldicha Intrumentli rum, und die Pauker trummeln wie ein Gewitter.

Der Hans mecht einen lauten Entlastungshusterer. In dem Trommelwirbel kann mer den ruhig mit neischmuggel. Bei dem Krach hört des kenner. Bloß so ä ganz klenns Kratzerla bleibt im Hans seiner Luftröhrn hänga, komisch. Er bekämpft den Reiz sofort mit Eukalyptus. Es Eukalyptuspapierla, so klee, wie's iss, raschelt vernehmlich mitten nein gerade stattfindenden *Pianissimo* vom Orchester, die Birgit zischt und nimmt na die Bonbon ab. Sie steckt des Eukalyptustütla zwischer ihr Knie, da kann sich der Hans bedien, wenn die Musik wieder ämal laut iss und sei Hustn kummt.

Vom Nieser hört mer momentan nix. Er sitzt zwä Reihen hintern Hans und der Birgit, und kenner wäß, dass aa den sei Niesreiz scho wieder da iss. Er reißt seiner Fraa es gemeinsame Taschetüchla aus ihrn Brusttäschla, bückt sich nunter auf sei Füäß zu, dass mer na net so sieht, und unterdrückt gedämpft einen Riesennieserer. Glücklicherweis war grad scho wieder ä Trommelwirbel – es iss nix passiert.

Im selben Trommelwirbel kummt dem Hans ein Mordshusterer hoch, und er versteckelt na ebenfalls im Lärm der Pauken. Jetzt braucht er ein Bonbon, und er holt sich eens zwischer der Birgit ihrer Knie raus.

Eigentlich schö, denkt er sich, dass mer gleich bei der erschtn Einladung ä weng die Mädchenknie berühr kann, die wu nackert aus dem ›kleinen Schwarzen‹ unten rausstehn.

Die Straf für sötta frecha Gedanken folgt auf dem Fuß. Mittn nein *Decrescento* und im anschließenden *Piano ma con brio* folgt ein Hustenreiz nachng annern, ein sogenannter Hustensturm, und zwar *con tutta la forza*. Der Hans presst sei Taschetuch vorn Mund, der Schweiß läfft na übers Gsicht, und die Träna laffm na aus die Aachng. Er muss immer wieder hust, immer wieder, es hört net auf.

Da hilft jetzt aa ke Eukalyptus mehr, die Nachbern zischen scho, er muss naus. Die Leut lassn na gern naus, denn er stört den zweiten Satz der Suite Nr. 18, sozusachng, er stört die *suite dixhuit* von Claude Debussy. Draußen, hinter die schalldichta Türn, kann er endlich frei naushust.

Da kummt aus derselben Tür noch eener, rennt auf den Hans zu und frecht mit gepresster Stimm, ob der Hans net ä Taschetuch übrig hätt. Es iss der Nieser. Er reißt dem Hans des angebotene Tempo aus der Hend und niest, dass die Tröpflesinfektion ner so durchs Foyer fliegt.

»Gell, Sie hamm ke Taschetuch?« frecht der Hans den Verschnupftn.

»Jo, aber des hat mei Fraa eisteckng.«

Die zwä Patienten husten und niesen sich noch ämal so richtig aus, und dann schlüpfm sa zwischern drittn und viertn Satz, wos grad ämal ä weng still war, lautlos wieder auf ihr Plätz im Saal. Hamm jetzt die Krankheiten dene zwä ihrn Orientierungssinn gstört, oder war's im Saal so dunkel? Sie hamm die Plätz verwechselt. Der Huster höckt jetzt nebern Nieser seiner Fraa, und der Nieser hat neber der Birgit mit die Eukalyptusknie Platz genumma. Des fällt so lang net auf, wie die HNO-Reize ä Ruh gääm.

Da fängt es Kribbeln im Nieser seiner Nasn scho wieder an. Im Tempotüchla iss ke Platz mehr, des hat er inzwischen mit ä paar großa Pflaatscher vollgerotzt und eingefeuchtet. Er braucht es gemeinsame Taschentuch ausn Brusttäschla vo seiner Fraa, er langt nüber. Dass es die Birgit iss, die inzwischen neben ihm sitzt, wäß er net. Er fängt es Suchng an. Er tastet und fingert und sucht an dena Rundunga rum; er find alles, bloß net des, was er dringend braucht: ä Taschentuch.

Die Birgit hat zwar ä Brust, aber ke Brusttäschla. Sie iss überrascht und denkt sich: Kaum iss sei Husten ä weng vorbei, scho fengt der Frecker mit Petting an. Sie fräät sich, dass der Hans auch Leidenschaften entwickel kann; bis jetzt war er nämlich arg brav. Sie tut na aber sei neugieriga Hend weg und flüstert dem vermeintlichen Hans nei sei Ohr: »Später, Liebling, später, nachng Konzert, aber doch jetzt net dahinna.«

Aber der Nieser flüstert zurück: »Jetzt! Jetzt brauch ich's! Ich kann ke Minutn mehr wart.«

Die Birgit versteht na gut, aber sie gibt ihm einen Tip: »Nacher im Auto oder derhemm bei mir, da iss es doch viel schöner, da kasta dann aa alles gut betracht.«

»Ich will nix betracht«, flüstert der Nieser jetzt laut und deutlich, »ich muss mich schneuz!«

Der Hans sitzt inzwischen statt neben der Birgit, wie er meent, neben einer gestandenen Ehefrau, aus deren Brusttäschla ein halbfeuchtes Taschentuch rausspitzt. Von dem allen aber sieht er nix, der Saal iss dunkel, und in sein Hals fängt ein ganz kleines Krätzerchen scho wieder an, Sorchng zu machng. Vorsichtshalber nemm ich mir ein Eukalyptus, denkt er sich und will sich eens hol; er wäß ja, wo sa sei müssn: zwischer die Knie. Er nimmt sei linka Hend und tastet vorsichtig am rechtn Damenbee entlang. Da muss doch des Tütla sei? Gleich nebern Knie war's doch, oder? Er sucht und krabbelt an dem Bee rum.

Die Ehefrau iss von die Sockng: Jetzt hat er sich drei

Monat Zeit gelassn, und ausgerechngt im Konzert und aa nuch so verschnupft kummt er daher mit seiner frechng Gelüstn.

»Alter Depp«, flüstert sie ihrem Nachbern ins Ohr. »Was krabbelst denn so mein Bee rum? Des mecht mich ja ganz verrückt.«

Der Hans denkt: Also, sötta ordinära Ausdrück hätt ich der Birgit gar net zugetraut. Aber er muss was gecher sein Hals mach.

»Bei mir kribbelt's«, jammert er, »ich such die Süßigkeiten.«

Die Fraa schent jetzt: »Kasta net wart, bis mir derhemm in unner Better liechng?«

Aber die Better hat der Hans scho nix mehr ghört. Genau da, wo der Komponist vor dem *Finale furioso* noch einmal einen halben Leertakt, also ein musikalisches Atemholen nei die Noten gschriebm hat, hört man in die Stille hinein einen bronchialen Donnerschlag. Ein Rekordhusterer entringt sich dem Hans seiner Lungenflügel, und gleichzeitig erschallt ein superlautes Haaaaatschiii! durch den Saal.

Die Spannung, der Effekt von dem Schlussakkord warn verdorbm, und der Dirigent stützt jetzt sei Hend in die Hüftn und guckt strafend in die Menge, um die zwei Sünder festzustellen. »Wer war das?«

Es Licht geht an, und die Damen guckng entsetzt auf ihr falscha Männer. Da hört mer zwei schrille Frauenstimmen ausn Publikum durch den Raum schrein: »Wer sinn denn Sie?«

Und der Dirigent, voll und ganz ein eitler Künstler, verbeugt sich und secht würdevoll: »Gestatten: Herbert von Karajan.«

Zu jung zum …

Ä Moo spricht groß auf: »Mei Großvater – 's iss fei wahr –
werd nächsta Wochng sechsäneunzig Jahr.«

»Allen Respekt«, secht der anner,
»und wie der noch in Form iss!
Ich hab kenn Opa,
weil meiner mit fümfäzwanzig scho gstorm iss.«

»Du Sprüchbeutel«, lacht da der erst,
»hör auf mit deiner Lügerei.
Mit fümfazwanzig Jahr
kann mer doch noch gar ke Großvater sei!«

Alt oder jung

Der Opa guckt ä alts Album aa,
und er schüttelt sein Kopf, der gute Moo.
Er langt na sein Hirn: »Ich bin doch ke Ochs!
Die Foto sinn doch total paradox!
Die Bilder tun doch die Realität ganz verbiech':
Je älter des Foto, desto jünger bin iich.«

Nachbarschaftshilfe

Der Josef massiert sei Kreuz. »Du, Anni, ich gläb, ich muss ämal dringend auf Kur.«

Die Anni guckt von ihrn halber gstricktn Sockng auf. »Dir geb ich Kur! Trag die Kartoffel nein Keller und bring än Kastn Bier mit rauf!«

»Anni, ich brauch wirklich ä Kur. Du gläbst ja gar net, wie mir mei Kreuz ...«

»Kreuz! Kreuz! Ich hab's aa im Kreuz. Da derfert ja jeder Mensch auf Kur!«

»Es geht ja aa jeder Mensch auf Kur!«

»Mir net! Mir bleibm da und machng unner Ärbet.«

»Anni, mei Herz fängt aa scho an ...«

»Dei Herz! Des wär ja es Neuesta!«

»Heut nacht hat's zwämal um een Schlag ausgsetzt, wie wenn's gleich aufhör wollert.«

»Heut nacht? Heut nacht hast du gschnarcht wie ein Grizzlybär! Aber ich wäß scho, wie mir dei Herz kuriern: Mir streichng die Schoppm!«

»Anni, versündig dich bitte net. Mitn Herz iss net zu spaßn, die Rhythmusstörunga ...«

»Ja, ja, der Rhythmus, und auf der Kur werd nacher getanzt nachng Rhythmus von der Kurkapelln.«

Mer sieht, die Anni und ihr Moo, der Josef, sinn sich net ganz einig, was den herzkrankng Josef sei geplanta Kur angeht. Naja, Angst bräuchert sa wecher ihr Josef net zu hamm. Mit annera Weiber hat der nu nie was ghabt, net ämal anguck tut er sa – net dass sie wissert ... Ja, gut, die Nachbera, die Erika, die hat na schon ämal gfalln, aber erschtns iss die zwanzig Jahr jünger, zwättens iss sa gut verheiert, wie mer annimmt, und drittens iss ja sie, die Anni, aa nuch da.

»Den gäbert ich, wenn der ämal ä Aach riskieret, nüberzuus, zu die Erika«, hat sa neulich noch zu ihrer annera Nachbera, der Vroni, gsacht. Bei der Vroni braucht sa scho überhaupt ke Angst zu hamm. Die iss Witwe und drei Jahr älter als wie der Josef. Aber mer sieht: Die Anni passt auf.

Sie hat so ä richtiga heimlicha Fräd ghabt, wie der Josef neulich gsacht hat: »Also, die Erika, so eine blöde Hepper, wie die sich immer zammricht. Hast du des T-Shirtla gsehn? Wie ä Teenager kummt sa daher! Mer kann ja den ganzn großen Busen seh. Und des Röckla! Also, wenn die sich bückt …« Die Anni hat zwar net gern ghört, dass er den Busen und des kurza Röckla gsehn hat, aber er hat ja »blöda Hepper» zu sa gsacht, und des häßt, er hat keinerlei Interesse an ihr. Es iss doch so, oder?

Ich gläb, denkt die Anni, dass na Frauen überhaupt nix mehr so reizen. Er geht stark auf die sechzig, und da iss na merschtens ä Bier lieber als wie die Liebe, und – Gott sei Dank – hat er ja aa nuch sei Kreuzweh, und jetzt soll er's aa noch am Herz hab. Weibergschichten? Bei dem nix mehr! Er kummt jetzt langsam in des Alter, wu mer eher drüber nachdenk muss, an was mer ämal sterb will.

Aber der Anni schmeckt die Kur net. Mit wem soll sie vier Wochng lang streit? Er hätt dort sei Diät und nemmert ab, und sie höckert derhemm und nemmert zu, weil sa aus lauter Frust noch mehr essert. Und wer soll auf na aufpass auf der Kur, dass er sei Tablettli nimmt?

Der Josef red mit sein Dokter, und dem Dokter tut der Josef leid, weil der nu nie auf ä Kur war. Warum soll der arm Josef net aa ämal auf ä Kur? Der Josef iss grundanständig und will sogar über die Gefahren einer Kur aufgeklärt wer.

»Hält des mei Herz überhaupt aus? Wie iss es mit die Diät? Und was mecht mer denn, wenn die Weiber recht rausgeputzt und aufdringlich sinn?«

»Ach«, lacht da der Dokter, »des iss auf Kur net so, wie

die Leut immer sachng: Alla Tag in än annern Bett. Nä, auf Kur iss es so: Die wu mer will, die kriegt mer net, und die wu mer kriegt, die will mer net.«

Ausgerüst mit dena gutn Ratschläg und mit sein ausgefüllten Kurantrag, geht der Josef hemm zu die Anni und muss leider erleb, wie sei Fraa sei schöna Kur mit einem Satz zunichte mecht: »Kur? Du spinnst! Du bleibst da - basta!«

Der Josef iss verzweifelt. Mit seiner Nachbern kann er net red. Die Erika is, wie gsagt, ä blöda Hepper, und die Vroni, des alta Fossil, die hat zwar aa nuch ihr Kurvm, aber drei Jahr älter – was will er denn mit dera Oma?

Da lässt er in seiner Not den Dokter ruf. Er hätt scho wieder Rhythmusstörunga, secht er. Wie der Dokter kummt, sinn sei Störunga zwar scho wieder vorbei, aber es iss ä bissla Zeit für ä Gspräch.

»Stelln Sie sich vor, Herr Dokter, mei Moo will auf Kur, der alt Depp«, schent die Anni. »Was des alles kost, und was mer da für Garderob bräuchert!«

»Na, na, so schlimm ist das nicht«, meent der Dokter. »Aber Sie haben vielleicht recht, mit seinen Herzrhythmusstörungen ... Auf der Kur wird nämlich auch Frühsport getrieben, und das kann zuviel für ihn sein. Es soll sogar schon einmal einer tot umgefallen sein auf der Kur beim Frühsport.«

Die Anni iss auf eemal sehr interessiert. »Wirklich? Auf der Kur? Gstorbm beim Frühsport? Des gläb ich net.«

Aber der kluge Dokter erinnert sich angeblich noch deutlich an den Zeitungsartikel: »Doch, doch, ein Mann mit ungefähr achtundfünfzig Jahren ist in Bad Brückenau beim Frühsport tot umgefallen. Ein reicher Mann. Er hat seiner Witwe sehr viel Geld hinterlassen.«

Die Anni wird nachdenklich: »Also, wenn der Josef wirklich ä Kur braucht, nacher soll er sa aa hab. Ich bin die letzte, die wu na sei Gsundheit net gönnt.«

Der Josef strahlt, er hat vor lauter Fräd keine Beschwerden mehr, und kurz drauf kummt die Post von der Krankenkasse mit sein Kurtermin.

Die Anni teilt sofort der Nachberschaft mit, dass der Josef in drei Wochng für vier Wochng auf Kur geh muss nach Bad Neustadt. Sie wollt zwar unbedingt, dass er nach Bad Brückenau geht, weil da die Anwendunga und vor allem der Frühsport wirksamer sinn, aber nein, er kummt leider nach Bad Neustadt.

Die Nachberinna nehma des scheinbar gleichgültig zur Kenntnis.

»Na und? Iss doch gut«, secht die flotte Erika. »Mei Moo hat aa gsacht, ich sollert ämal auf ä Kur.«

Die Vroni hat gsacht: »Ich gönn's na. Des tut na sicher gut, und wecher die Weiber brauchst du ke Angst zu hamm. Der iss doch viel zu schüchtern und hat doch scho weißa Haar.«

Der Josef iss auf Kur und ruft in der erschtn Wochng mehrmals täglich derhemm an, dass es ihm gut geht, dass er abnimmt, und dass er jeden Früh Waldlauf mecht. Die Anni frääť sich und hofft, dass er recht fleißig den gefährlichen Frühsport betreibt.

In der zwättn Wochng lassn die Telefonate plötzlich nach und hörn dann ganz auf. Na, iss was mit sein Herz? Er werd mer doch den Frühsport net übertriebm hamm? Wenn was passiert wär, dann hätten sa doch die Nachricht gleich überbracht. Vielleicht iss aa äwas mit sein Kreuz? Aber da kann mer doch telefonier. Iss ämend äwas mit annera Weiber, wider Erwarten? Nä, der in sein Alter! Obwohl, sie erinnert sich an des alte Sprichwort: ›Solang die Orgel spielt, iss die Kirch nu net aus.‹ Oder wie die Bergsteiger vo die Weißhaaretn sachng: ›Auch wenn's auf dem Gipfel schon weiß iss, kanns im Tal druntn durchaus noch kräftig sprießen.‹

Die Anni wird unruhig: Ich will ämal wiss, was die

Vroni dervo hält. Die Vroni iss net da, sie isss ä paar Wochng auf Urlaub. Schad.

Naja, dann frech ich halt ämal die flotte Erika. Der Erika ihr Moo teilt der Anni mit, dass sei Fraa plötzlich ganz überraschend zur Kur nach Bad Neustadt gschickt worn iss.

»So, wecher was denn?«

»Wecher ihrn Bandscheibenvorfall.«

Jetzt klingeln bei der Anni sämtlicha Alarmglocken. Hat der Frecker vielleicht …? Des mit der Erika iss doch ein Komplott, oder? Nä, zwanzig Jahr jünger! Na und? Vielleicht grad deswecher. Der Haderlump soll mich kennalern! Dena geb ich Bandscheibenvorfäll und Herzrhythmusstörunga!

Im Geist sieht sa ihrn Josef mit die Erika im Bett liechng. In ihrer Phantasie hört sa des Bett im Kurhaus sogar knarzen. Sie packt ihr Reisetasch und löst ä Kartn nach Bad Neustadt.

Der Fahrkartenschalterbeamte frecht: »Nach Bad Neustadt in Österreich oder nach Bad Neustadt an der Saale?«

»In Deutschland natürlich«, drängt die Anni.

In Bad Neustadt ankumma, rennt die Anni sofort nein Kurpark und sucht ihrn Josef. Nach zehn Minuten hat sa na scho. Er höckt auf ener vo dena herrlicha weißa Kurgartenbenk und knutscht hingebungsvoll mit einer aufgetakelten Person weiblichen Geschlechts.

»Erika!« schreit die Anni.

Die zwä rührn sich net.

Nuch ämal: »Erika! Du Luder!«

Jetzt kummt dem Josef die Stimm doch bekannt vor, und er löst sich von dem weiblichen Kussmaul.

Die Anni fällt zwar net in Ohnmacht, aber sie stammelt: »Vroni, du?«

Und der Josef stottert: »Anni, des is net so, wie's aussieht, oder wie du meenst. Ich kann dir alles erklär. Des iss alles ganz annersch.«

Die Erika war in Bad Neustadt in Österreich. Die geht doch net dahin, wo lauter alta Männer sinn, die wu ke Interesse mehr hamm an Sex oder so.

Der Herzinfarkt

Früher hat's Herzschläg gääm bei herzkranka Leut.
Jetzt iss des annersch: Herzinfarkt häßt des heut.
Die Eva hat damals een ghabt (jetzt iss sa wieder erstarkt)
in Haßfurt, den allerersten Herzinfarkt.

Sie hat gschwitzt, und der Schmerz in der Brust hat gequält.
Später hat se's stolz überall rumerzählt.
Lang danach hat sa ämal nein Krankenhaus gemüsst:
»Hallo, ihr Schwestern, Herr Chefarzt, dass ihr's fei wisst:

Ich hab vor ä paar Jahr – ich will's gleich erklärn –
Än Herzinfarkt ghabt, aber fei än schwern!«
Der Dokter studiert das EKG angestrengten Blicks:
»Von än Herzinfarkt«, secht er, »sicht mer da nix.«

Da werd die Eva blass vor Wut, sie tobt, und sie schreit:
»Will der mir mein schöna Herzinfarkt abstreit?
In dem Haus«, schent die Eva, »will ich keine Minutn mehr blei!
Der hat doch keine Ahnung! Und so äwas will Chefarzt sei!«

Schlechta Gschlechtskrankheiten

»Sie, Herr Dokter, sachng Sie ämal:
Kann mer sich Gschlechtskrankheiten aa auf der
Toiletten hol?« –
»Geschlechtskrankheiten auf der Toiletten?
Des passiert jeden Tach.
Aber warum wolln Sie's denn so umständlich mach?«

Fränkischer Inzest

»Ich heier ämal die Oma«, erklärt der klee Fritz.
Da schent na sei Vater: »Du mechst wohl Witz!
Du willst *mei* Mutter heier? Du bist doch bescheuert.« –
»Wieso? Du hast doch aa *mei* Mutter gheiert.«

In der Anatomie

Die Studenten stehn in der Anatomie und seziern.
Sie hantieren an Lebern rum, an Herzen und Niern.
Aber net ner bloß Männer warn im Kühlhaus gstanna,
aa ä hübscha Studentin namens Anna.

Und zwischer kalta Organe, dass es so was noch gibt,
warn alla Studenten heiß in die Anna verliebt.
Und een Spruch hörst in der Anatomie immerzu:
»Lieber *Anna to me* als *Anna to you.*«

Der fränkische Liebhaber

Nachng ersten Mal schent die jung Fraa: »So ein Mist!
Wäßt du, dass du ein ganz miserabler Liebhaber bist?« –
»Du müsserst doch wiss«,
wehrt sich der sexy gebaute Mann,
»dass mer so was in knapp zwä Minuten gar net
beurteil kann!«

Verwirrt

Red mer gar net lang drumrum mitänanner:
Frauen sinn manchmal ä weng durchänanner.
Beweise gibt's dafür wahrhaftig genug.
Denn wärn die Frauen weise und klug,
hätten sa doch ihr Reißverschlüss net hinten in ihrer
Kleider.
Eins steht fest: Männer sinn da gscheiter

Relative Fettleibigkeit

Heut gibt's wieder des große Gewinnspiel aufm Fernseher. Jeder kennt des Spiel, und Milliona guckng zu. Milliona könna aa gewunna wer', und es häßt: ›Wer wird Millionär?‹ Die Erkennungsmelodie hört mer, und der Millionär-Moderator kummt, strahlt sei Fernsehlächeln und secht: »Na, wen hamm mer denn heut alles da?«

Die Kandidaten sitzen zitternd auf ihrer Stühl. Sie müssn sich jetzt qualifizier. Unterschiedlicha Leut sinn's. Ä Alter, ä Junger, ä ganz Dünna, ä ganz arg Dicka, ä Miesbacher, ä Berliner, ä kurvenreiches Weib und gegenüber ä Plattdeutscha – interessante Gegensätze. Sie alla müssn jetzt vier europäische Hauptstädte einteil, wie sa von Ost nach West nachänanner kumma. Moskau und Lissabon iss klar, aber was iss mit Paris und London? Des iss fei knifflig.

Der Egon und der Martin sinn zwä Junggselln, scho über die besta Zeit draus, also mehr Gselln wie jung. Die zwä höckng vorn Fernseher und raten mit.

Der Egon secht: »Moskau, London, Paris, Lissabon.«

Der Martin secht gar nix. Er iss weder ein Geologe noch ein Geometer und scho gar net ein Geograf. Er hat also keine blasse Ahnung.

Jetzt secht der Egon: »Na, der Berliner sicht aus wie ä Student, der werd's sicher wissn, außerdem iss er ein Hauptstädter, und die wern doch unteränanner wissn, was westlicher liegt.«

Falsch! Die eenzig, wu's gewisst hat, dass London westlicher liegt als wie Paris, iss die jung Dick. Sie schwingt sich auf den Kandidatenstuhl – naja, was häßt da ›schwingt sich‹? – sie plagt sich arg, dass sa ihr Gesäß unterbringt.

»Ach Gott, iss die fett!« lacht der Egon. »Jetzt, wo sa sich gstellt hat, sicht mer's erst.«

Der Martin schätzt sa auf mindestens jung, aber zwäähalb Zentner und merkt an: »Die kann ja kaum laaf. Die musst du dir ämal im Bett vorstell, oder wenn sa sich auszieht. Net für viel Geld möchert ich mit so eena verheiert sei!«

»Iss des net ä Jammer?« bedauert sa der Egon. »So ä hübsches Gsichtla und so ein dicker Körperbau. Die kriegt doch im ganzn Lääm kenn Moo. Der hat sa ja dann lebenslänglich. Ich möchert sa net gschenkt, net wenn mer eener zwanzig Euro gäbert. Da bleib ich doch lieber Junggsell. Des kummt alles ner bloß vo dera Fresserei und vo dena Sahnetortn.«

So, inzwischen sinn die einfacha Fragen scho vorbei, und sie hat sa alla gewisst. Sie iss jetzt scho bei fünfhundert Euro, und sie lächelt entspannt. Sie hat wirklich ä hübsches Gsichtla, und wenn sa lacht, hat sa ä Grübla.

Der Egon murmelt: »Des hätt ich nie gedacht, dass die des gewisst hätt. So dumm iss die gar net, wie sa aussicht.«

Dem Martin tut sa jetzt ä bissla leid: »Also, dumm sicht sa net aus. Sie iss halt dick. Hätt sa halt scho eher ämal ä weng gfast oder ä weng Sport getriebm.«

Sie iss weiter, die Kandidatin. Die Zweitausend-Euro-Frage hat sa souverän gemeistert, sogar ohne Joker.

»Dumm«, stellt der Martin fest, »iss sa wirklich net. Wenn sa ner net so fett wär! Wahrscheints kann sa gar nix derzu, und es iss ämend eine Veranlagung, und es liegt vielleicht scho seit Jahrhunderten in der Familie. Es muss net immer es Essn sei.«

Bei achttausend Euro muss des dicka Mädla ä weng nachdenk, aber sie packt's, immer noch ohne Joker. Respekt. Jetzt sechzehntausend: Ä Frage aus der Küche, nach Gewürze wird gstellt. Da kennt sa sich aus, und sie wäß es auf Anhieb. Klasse gemacht!

Der Egon staunt: »Jetzt hat die noch keinen einzigen Joker verbraucht und hat scho sechzehntausend Euro. Die hat sa sicher, die kann era kenner mehr nehm.«

Der Martin sicht sa jetzt mit ganz annera Aachng: »Des iss fei än Haufm Geld. Sechzehntausend Euro, des möchert ich aa. Die kummt noch weit, werst sehn.« Er sinniert: »Wahrscheints iss sa krank. So ä gscheits Mädla lässt sich doch net ällees so dick wer'.«

Der Egon meent: »Eigentlich iss die Figur bei ä Fraa gar net so wichtig. Ä Mensch muss vor allem was im Hirn hab. Schönheit vergeht, Gscheitheit bleibt. Und sinn mir doch ämal ehrlich: Nachts mecht mer doch sowieso es Licht aus.«

Zweiunddreißigtausend Euro wäß sa aa – des iss ja fast unheimlich! Bei vieräsechzigtausend braucht sa ihrn allererschtn Joker. Den *Lead*-Sänger von die Ärzte hat sa net gewisst, aber jetzt iss sa trotzdem weiter; ihr klenner Bruder hat's era am Telefon eingsagt.

»Was ich scho immer sag«, murmelt der Egon. »Was hast da denn vo ä schöna Fraa, wenn sa net ä weng ä Sachla hat. Und dass sa dick iss … mir sinn doch aa net grad Adonisse mit unnerer Bierkugeln. Dürra, die wos mit der Schilddrüse hamm, klappern vielleicht sogar.«

»Klappern?«

»Na, du wäßt scho. Wennsd sa ämal nein Arm nimmst.«

Jetzt fällt dem Martin aa äwas Wichtigs ei: »In der ›Praline‹ hab ich ämal geläsen: Die Männer, die wu ganz dicka Weiber hamm, gäbertn sa nix mehr her, net um viel Geld. Die Dicka solln nämlich sauscharf sei und sexy bis zum Gehtnichtmehr.«

Jetzt packt der Egon sei medizinischa Kenntnisse aus: »Wahrscheints iss es bei dera Dickng da aa die Schilddrüse, ner bloß umgekehrt. Da kann mer sicher äwas mach degecher heutzutag. Geld für Medizin hat sa auf jeden Fall jetzt.«

»Dunnerkeil!« schreit der Martin, »Hunnertfümfäzwanzigtausend hat sa jetzt scho! Des gönn ich era, der Uschi.«

Der Egon frecht neugierig: »Gell, Uschi häßt sa? Woher wäßt denn du des?«

»Na, des hat doch der Moderator am Anfang gsacht, wie du aufm Klo warst: Uschi Meininger aus Bad Kissingen.«

»Was? Aus Bad Kissingen? Warum sechsta denn des net gleich? Und so än Haufm Geld? Bad Kissinga, des wär ja eigentlich gar net so weit. Hat er aa gsacht, wie alt dass sa iss?«

Jetzt packt des dicka Mädla aus der Kurstadt die Zweihundertfünfzigtausend-Euro-Hürde mit einem weiteren Joker. Was auf französisch ›vielen Dank‹ häßt, hat sa gewisst. Mitn Fifty-fifty-Joker hat se's schließlich eingegrenzt und rauskriegt. Zwischer *merci bien* und *merci beaucoup* hat sa gschwankt, und dann iss *merci bien* beim fifty-fifty ausgemustert worn, und *merci beaucoup* hat gepasst.

Der Martin stammelt: »Die hat ja jetzt in Mark scho ä halba Million. Sakradi, die Million wenn mer hätt, da nämert mer ja glatt des Weib mit in Kauf! Was mer mit dera Summe alles mach könnt! Sag ämal, Egon, meenst du net aa, dass mer den dickng Körper operier könnt – ich meen Fettabsaugen oder so? Da gibt's doch so Schönheitskliniken.«

Inzwischen springt die Uschi auf die fünfhunderttausend Euro. Der Moderator iss entsetzt, es Publikum tobt, und dem Martin treten die Aachng aus die Höhln.

Der Egon fällt fast vom Stuhl: »Ä halba Million Euro – des wär's! Da kriegertsta fümf Ferrari derfür oder ä Villa und een Ferrari. Auf die Figur derfsta da net guck, wennst du so eine Partie mach könnerst. Hol doch ämal es Telefonbuch von Bad Kissinga.«

Bei der Eine-Million-Frage wird's still. Jetzt kummt's drauf an. Der Egon und der Martin sinn gspannt, ihr Puls rast. Die Frage lautet: Was ist ein Papel? A: Ein Baum? B: Gerede? C: Knötchen auf der Haut? D: Mantel der russischen Kosaken?

Da jubelt die Uschi, sie iss Krankenschwester bei än Hautarzt. Sie pfeift auf ihrn Publikumsjoker, sie braucht na net, und sie secht laut und deutlich: »C!«

Der Moderator heult fast, und die Uschi gewinnt eine Million Euro. Sie strahlt wie ä Engela.

Der Martin hat inzwischen es Telefonbuch von Bad Kissingen aufgschlachng, sie finna die Uschi Meininger sofort. Er setzt sein Brief auf:

Liebe Frau Uschi,

vom ersten Augenblick an war ich in der Sendung in Sie verliebt, und zwar in Ihre herrlichen Augen, ihren verführerischen Mund und in ihre frauliche Super-Figur. Geld hat bei meinen Gedanken an Sie nie eine Rolle gespielt. Können wir uns einmal treffen? Nächste Woche fahre ich sowieso nach Bad Kissingen …

Zurück nein Fernsehapparat. Die Zuschauer patschen immer noch Beifall. Jetzt, zum Abschluss der Sensationssendung, frecht der Moderator die vollschlanke Uschi aus Bad Kissingen, was sie denn mit dem vielen Geld mach wollert, was sa vor hat, und was sa sich leist will.

»Ach«, secht sa und werd ä weng rot derbei, »ach, vielleicht des, was mei Moo und ich uns scho immer gewünscht hamm: Jetzt könn mer uns ä klenns Häusla bau.«

Der Martin und der Egon, die zwä Junggselln, guckng änanner an, sie sinn baff.

Der Egon findet als erster sei Fassung wieder und stellt fest: »Geld iss ja recht und gut, aber, bei aller Liebe, guck sa doch ämal aa: Die iss ja wirklich arg dick. Mer muss ja doch damit rechng, dass sa sich ämal abends vorn Bett auszieht.«

Der Martin gibt na recht: »Also, ich machert nie ä Vernunftehe. Wechern Geld? Nä, da iss doch ä Liebesheirat viel vernünftiger. Dass die Dick überhaupt än Moo kriegt hat! Also, Männer gibt's …«

Hochzeitsnacht für Ältere

Die Hotel-Zimmermädli hamm es Zimmer geputzt.
Als Hochzeitsnachtszimmer werd's heut nacht genutzt.
Da kummt scho des glücklicha Pärla – au wei!
Sie iss leicht über zwanzig und er scho achtzig vorbei.

Am nächsten Früh: Er springt nein Garten wie der Blitz
und mecht sofort Kniebeugen und Liegestütz.
Aber die Braut, o weh, die iss übel draa:
weicha Knie, blassa Farb, mer sicht era die
Überanstrengunga aa.

»Gnädige Frau«,
hat sich der besorgte Hotelier zu Wort gemeldt,
»mir hamm uns die Konditionen grad umgekehrt
vorgstellt.«

»O, ich blöde Gans«, jammert die Braut, und sie schent:
»Ich hab den Moo über ä Inserat kennagelernt.
›Ich habe ein Leben lang gespart‹, hat er neigschriebm,
der Held.
Und ich Simpl hab gedacht, es handelt sich um Geld.«

Der Herzpatient

Herztransplantation, die schwere Operation iss vorüber.
Er wacht langsam auf, und er lächelt schon wieder.
»Ach, hab ich Angst ghabt vor dem Chirurg und sein
Messer.
Schwester, geht's dem Spender jetzt wenigstens aa
wieder ä weng besser?«

Diät auf fränkisch

Habt ihr scho mal was ghört von Cholesterine,
von Leberwerte oder gar von Purine?
Mir zähln Kalorien wie die Idioten.
Ä fetts Knöchla, ä paar Schnäpsli – alles verboten!

Bei ä hübscha Fraa iss genauso:
Du derfst zwar ä weng schmeichel,
aber träum von era derfsta net,
und scho gar net derfst sa streichel.

Je älter mer werd –
die Erlaubnisse wern immer rarer.
Was gut iss, verbiet der Dokter,
und was schö iss, verbiet der Pfarrer.

Gift in Lebensmitteln

Die Experten sachng, im Rettich iss Gift,
und sie sachng aa, dass des die Gsundheit betrifft.
Ich meen, des iss doch gut,
so könna *mir* wenigstens Rettich essen,
weil: Wenn ke Gift drin wär,
tätn doch die Würmer die Rettich fressen.

Blasen an die Füß

Der Fritz hat sei Wanderschuh zum erschtn Mal draa.
Kurz drauf fängt sei klenner Zeh scho es Juckng aa.
Nach ä Stund schnappt der Fritz scho,
es brennt und schmerzt.
Er hält's nix mehr aus, er iss schwer verletzt.

»Macht halt ämal ä Pause, seid so gut.
Ich hab ä Mordstrumm-Blasn,
wahrscheints scho voll Blut.« –
»Reiß dich zamm«, secht sei Kumpel, »denk gar net draa.
Oder denk eefach: Der blöd Fuäß geht mer nix aa.«

Schlaflosigkeit

Mit ihrn Rezept geht die Oma nei die Apothekng. Sie will net von die junga gsunda Mädli bedient wer, sondern vom alten Apotheker selber. Da iss er. Er hat ä weng Zeit.

»Ach, Grüß Gott, Herr Apotheker, ich schlaf so schlecht. Sie wissen doch sicher ä Mittela gecher mei Schlafstörunga. Ich leid unter einer schrecklichen Schlaflosigkeit.«

Der Apotheker wiegt bedächtig sein Kopf: »Ja, ohne Rezept kann ich Ihnen nur einfache pflanzliche Mittel verkauf. Die nützen zwar nix, aber dafür schaden sa aa nix.«

»Nä, ich will was Guts. Da hat mir mei Dokter äwas aufgschriem. Iss des was Guts?«

Der Apotheker liest des Rezept und runzelt die Stirn: »Des iss was ganz arg Guts. Des wirkt fei sehr stark.«

»Gut, na gäm sa mir's. Ich brauch ä starkes Mittel, dass ich endlich wieder ämal schlaf kann.«

Der Apotheker sucht und find des Mittel und packt's der Oma nei än Tütla. »So, jetzt müssen Sie noch neun Euro zuzahl.«

»Was? Neun Euro?«

»Ja, des iss ä teuers Medikament. Ich tu Ihna aa als Ausgleich ä Vitaminbonbon mit nei, als Zugabe.«

Die Oma zahlt und will geh, aber der Apotheker muss sa noch aufklär und warnen.

»Liebe Frau, fei jo nur ein Tablettla am Abend, ein einziges. Jo net mehr, gell? Bei zwei Tablettn werd's fei scho gfährlich. Und noch äwas: Keinerlei alkoholische Getränke trink, gell? Kein Schoppm, kein Bier und aa kein Likörla, gell?«

Der Apotheker hat sei Pflicht getan und die Oma

aufgeklärt. Dafür kriegt er ja aa än Haufm Geld von die Pharmafirmen.

Die Oma wackelt langsam hemmwärts und frät sich auf heut abend auf ihrn Schlaf.

Derhemm liest die Schwiegertochter für die kurzsichtige Oma den Beipackzettel. Sie sucht nach Risiken und Nebenwirkungen, und sie muss erfahr, dass Schwangere die Tablettn net nehm dürfm. Sie nimmt der nicht schwangeren Oma ihr Schöppla Rotwein ab und trinkt's selber, dann geht's ab in die Heija. Die Oma kriegt ihr Tablettla einzeln hingelegt; sie nimmt's, trinkt nach – und bums! falln ihr Aachng zu. Des Tablettla wirkt super.

Die Oma schläft wie ä Engela bis früh. Sie iss glücklich und zufrieden und secht: »Des hätt mir der blöd Dokter aa scho eher aufschreib könn.«

Jeden Tag nimmt die Oma jetzt so ä Tablettla, und jede Nacht schläft sa tief und fest. Ohne die Tablettli will sa und kann sa nix mehr sei.

Wie die Schwiegertochter eines Tages ämal vorgschlachng hat: »Oma, mir probiern's wieder ämal ohne die Tablettn. Trinkst lieber ämal ä Fläschla Bier derfür«, da hat sa sich gewehrt mit Händ und Füß: »Nein, ich brauch mei Tablettla unbedingt!«

Zu ihrn Geburtstag hat die Oma ä neus durchsichtigs Nachthemd kriegt vom Aldi für 7 Euro 99. Tolla Rüschli und Spitzli warn dran, vom Allerfeinsten. Die Oma hat vor lauter Fräd gar net gemerkt, dass es ä weng nach Käs und Zwiebeln gerochng hat. Scho nach zwä Tag aber war's hi. Wahrscheints hat se's zu hastig angezochng, oder sie iss mit ihrn großn scharfm Fußnagel hänggebliem; mer wäß nix mehr, wie der Riß neikumma iss.

So, es iss wieder repariert, und die Oma zieht's freudig erregt wieder über ihrn Kopf, ohne des Knöpfla vom Tropfen-Dekolleté aufzumachng. So geht mer eigentlich net mit än Ausschnitt um. Auf jeden Fall, bereits am dritten Tag iss des Knöpfla fahnenflüchig abgsprunga. So was passiert aa bei guta Qualitätshemden. Die Spitze vom Volant iss aa scho runtergerissn; also, des muss ä Montagsnachthemd sei! Beim Bettenmachng hat die Schwiegertochter des Knöpfla gsucht, gfunna hat se's net. Manchmal rolln sa ja weit, die runda Freckerli.

»Hat eener von euch es Knöpfla gsehn von der Oma?«

»Nä.«

»Na, näh ich halt ä annersch hi. Die Oma muss oben zu sei!«

Jetzt hat die Oma einen rustikalen Trachtenknopf an ihrn seidenen Aldi-Nachthemd, weil ke annerer da war. Aber wie's so iss: Kaum war der Hirschhornknopf an dem Negligé angenäht, iss der richtige Knopf gfunna worn, unter der Heizung.

»Heut Abend tausch ich sa nix mehr aus«, gähnt die Schwiegertochter.

Es iss abends um halber zehna, der Schmachtfetzen im Fernsehn von der Rosamunde Pilcher iss rum, die Oma geht neis Bett.

»Vergess fei dei Tablettla net!«

»Nä, des brauch ich, sonst könnert ich ja gar net schlaf.« Auch in dieser Nacht schläft die Oma wie ein Murmeltier.

Am nächsten Tag kummt die Oma zum Frühstück.

»Na, Oma, wie hasta denn gschlaffm?«

»Ach, herrlich! Die Schlaferei werd immer besser! In mein ganzn Läbm hab ich nu net so gut gschlafm!«

Die Schwiegertochter mecht die Betten und kriegt einen Riesenschreck. »Jessas, da liegt ja noch der Oma ihr Schlaftablettn!«

Die Oma werd zur Red gstellt, warum sa ihr Tablettn net genumma hat. Sie wehrt sich heftig, sie hätt sa genumma secht sa. Auf Ehr und Seligkeit hat sa sa genumma und nachgetrunkng. Tatsächlich, Wasser fehlt im Glas, also hat sa getrunkng. Aber es Tablettla iss noch da.

»Gläbt mer's doch: Ich hab's eigenumma, sonst hätt ich doch gar net schlaf könn.«

»Hast du vielleicht eens ausn Päckla rausgenumma?«

»Nä, es werd mer doch immer hingelegt.«

Die Familie steht vor einem Rätsel. Die Oma hat nachgetrunken, die Oma hat gschlafm, aber des Tablettla war noch leibhaftig da.

Die Oma sitzt jetzt beim Kaffee, noch im Aldi-Nachthemd, ihr Tropfen-Dekolleté verführerisch geöffnet, weil der Hirschhornknopf net durchs Loch geht, und sie schwört Stein und Bein, dass sa ihr Medikament genumma hat. Beweis: ihr gesegneter Schlaf, der Schlaf der Gerechten.

Mittag wern am Nachthemd die Knöpf ausgetauscht. Die Schwiegertochter holt ihr Nähzeug, nimmt der Oma es Nachthemd ab und sucht des Hemdenknöpfla. »Na, da aufm Nachtkästla war's doch gelechng.« Da hat se's doch selber hingelegt gestern. Es Knöpfla iss fort. »Oma, wo hasta denn dei Knöpfla?«

»Ich?«

»Ja, du! *Da* war's doch gelechng.«

»Ich wäß nix von än Hemdenknöpfla. Ich hab mei Tablettla genumma wie alla Tag und bin eigschlafm.«

Am besten iss, vergesst alles, was ihr bis jetzt über Schlaftabletten ghört oder gelesen habt. Gläbt die Doktern nix mehr und aa nix mehr die Apotheker. Statts die teueren Medikamente käfft Hemdenknöpfli bei Schlafstörunga. Die Oma hat's im Selbstversuch bewiesen: Es gibt weder Risiko noch Nebenwirkungen, sondern nur Vorteile, und – jetzt kummt es Besta: Du kannst ohne weiteres drei bis vier Schoppm Silvaner zu die Hemdenknöpfli trink!

Ausgleich in der Natur

Wenn ä Moo ke Haar mehr hat,
gleicht er's aus mit än Mordstrumm-Bart.

Fehlt's im Hirn, hilft die Natur:
Sie ersetzt den Geist durch Muskulatur.

Klug und schön sinn selten Leut.
Entweder sinn sa hübsch oder gscheit.

Hat ä Moo ä kürzers Bee so wie vielleicht än kürzern Finger –
wetten, die Natur gleicht's aus:
Sei annersch Bee iss dafür ä bissla länger.

Sexualkunde schon in der Schul

Die Kinner lerna im Sexualkundeunterricht,
wie mer ä Kind kriegt und, wenn mer's net will, wie nicht.
»Fraulein«, secht der Hansi,
»Sie hamm uns jetzt viel beigebracht.
Sie hamm uns Bilder gezeigt,
dass mir sehn, wie mer's macht.
Sie hamm uns sogar gsacht,
wer unten iss und wer obendrauf.
Fräulein, warum kriegen mir net endlich ämal
ä Hausaufgab auf?«

Kosmetische Operation

Er hat, wie mer so secht, ä Plattn,
so groß, dass alla ihn verspottn.
Und dass mer merkt, dass sich bei ihm noch was regt,
hat er sich jetzt än Bart zugelegt,
aber aa, weil die Leut lachng über die Glatzertn.
Jetzt hat er än Vollbart, und was für än kratzertn!

Doch eines Tages lässt er sich rasier.
Die Leut sinn entsetzt: »Ja, was iss denn mit dir?
Wo iss denn dei Bart? Der war doch ganz schö!«
Kenner merkt was – seit heut trägt der Mann ein Toupet.

Amateur-Chirurgie

Im Sandkasten heult der Klaus:
»Mei Mama schneid, zipp-zapp,
wenn ich noch ämal nei mei Hosn pieß,
mei Pipila ab.«

Da tröst na sei Freund:
»Da muss mer doch net gleich flenn.
Du, ich hab neulich des Nachbersmädla nackert gsehn.
Ich hab mir sa genau betracht,
und ich sag dir äwas, Klaus:
Wenn des gut gemacht iss,
sieht des gar net schlecht aus.«

Taabhöret*

Franz, trink dei Bier aus, es geht scho auf dreia.«

»Wie bitte?«

»Dreia!«

»Oh, da müss mer uns schick! Wenn geht des Theater wieder an?«

»Um viera. Aber bis mer nauskumma … Du wäßt ja, es iss immer besser, wenn mer ä weng eher da iss, sonst muss mer über die annern drübersteig.«

Der Franz und der Kilian warn aufm Ausflug vom Kirchenchor derbei, und zwar iss es zu die Luisenburgfestspiele ganga. Der Franz war gar net im Kirchenchor, aber der Karl und die Gretel, Sohn und Schwiegertochter, hamm na eingeladn und mitgenumma. Er iss scho ä flotter Einerachtziger. Der Kilian dergecher war erst achtersiebzig und hat immer noch im Tenor vom Kirchenchor mitgewirkt. Naja, mitgewirkt iss zuviel gsagt; er hat sich halt stimmlich an seiner Nachbern festghaltn und hat immer beim Singa ä weng später angfangt und ä weng eher aufghört. Da kannsta als mittelmäßiger Sänger nix falsch mach. Sie hamm sich gut verstanna, die zwä, der Franz und der Kilian, weil sa laut gered hamm, weil sa alla zwä nix mehr gscheit ghört hamm.

Um dreiviertel viera warn sa auf ihrer Plätz gsessen, der Franz und der Kilian. Es Mittagsbier warn sa net gewöhnt, es hat sa schläfrig gemacht, und es war jetzt aa grad die Zeit, wo der Kilian derhemm immer sein Kaffee gekocht hat.

»So ä Stückla Schwarzwälder Kirsch könnert ich jetzt scho wieder vertrag, und ä Schalln Kaffee derzu«, seufzt der taabhöret Kilian laut vor sich hin.

Die zwanzig bis dreißig um ihn herum Sitzenden seufzen mit.

*\) *fränkisch für schwerhörig*

Der Franz seufzt net, er iss ke Süßer. Er packt sei Backsteekäsbrot aus und beißt nei. »In unnern Alter«, mampft er, »muss der Mensch mindestens sechs Mahlzeiten zu sich nämm am Tag, des iss gsünder.«

Obwohl der Franz mit vollem Mund gsprochen hat, hamm na an die dreißig Personen ghört, die merschtn hamm aber bloß verstanna »sechs Mahl am Tag«, und sie gnaukng anerkennend mitn Kopf, wie sa dem Franz sei weiße Haar sehn.

»Wisst ämal beiß?« zeigt sich der Franz jetzt als vollendeter Gastgeber.

Aber der Kilian will net beiß. Des verdirbt na doch bloß sein getreemtn Schwarzwälder-Kirsch-Gschmack.

Der Franz drängt aber jetzt wie alla Gastgeber: »Probier ämal! Des iss ä prima Limburger! Scho ä weng alt und stinkert! So muss er sei.«

Der Kilian entgegnet jetzt nix, weil grad es Theaterstück angeht, und der Franz isst den Rest von sein Käsbrot ällees. Dann krümpfelt er mit deutlich hörbarem Knistern sei Pergamentpapier zamm. Mancha Leut guckng vorwurfsvoll, aber des Krümpfeln dauert ja net lang.

Während der ersten Szene durchsucht jetzt der Franz mit seiner Zungenspitzn die Inneneinrichtung seiner einäachtzigjährigen Mundhöhle. Er forscht unter jeder Brückng und vergisst auch nicht eine Zahnlücke, und alles, was er so mit seiner fleißigen Zunga zammkehrt, holt er mit sein rechtn Zeigefingernagel raus, guckt's kritisch an und steckt's dann wieder nei sein Schleckermäula und schluckt's mit großem Genuss nunter. Es sinn Restli vom Limburger und vom Frankenlaib vo Höred.

Er findt sogar hinter sein Backenzahn Nummer sechs links unten, een vo die letzten drei echten, nuch ä paar Flechsen vom gemeinsamen Kirchenchormittagessen in Wunsiedel. Derbei muss er sei Brückenbauwerke mitn

Zeigefinger ä weng hochhebt. Aus der Zeit der stabilen Betonbrücken iss er nämlich scho lang draußn; er hat jetzt variable Metallkonstruktionen im Mund, da kannsta die Flechsn leicht rauszerr.

So, jetzt iss die Razzia im Franz sein Kaulabor fertig, er iss *clean*. Er guckt nüber sein Nachbar Kilian, und was muss er seh? Der Kilian iss eingenickt. Wahrscheints träumt er von Tortn mit Sahne.

»Kilian, wach auf«, flüstert der Franz laut und deutlich und stösst sein Kumpel derbei nei die Rippm. »Wennst scho die teuer Eintrittskartn bezahlt hast, kast da doch da hinna net es Schlaffm anfang.«

»Pscht!« hört mer von der Reiha hintern dena zwä, und der Franz hält sofort sein Mund.

Dafür hört mer jetzt den Kilian: »Was iss denn?« frecht der laut und gähnt.

Aber der Franz legt sein Zeigefinger auf die Lippm und zischt »Pscht!«

»Gell, es iss scho anganga?« erkundigt sich der Kilian, und der Franz nickt.

Gespannt verfolgen sa die Shakespear'schen Dialoge. Da zieht auf eemal ä kalts Lüftla durch die Zuschauerreihen, wie wenn eener ä Tür aufstehn gelassen hätt – aber mer sitzt ja in der Luisenburg im Freien.

»Es zieht«, stellt der Kilian deutlich vernehmbar fest.

Und der Franz stimmt ihm zu. »Ja, ja, es iss August, und da gibt's fei scho kalta Nächt.«

»Aber es iss doch Tag.«

»Mecht nix! Im August musst du mit allem rechng. Drum hab ich aa vorsichtshalber mei langa warma Unterhosn angezochng.«

»Jetzt, im August?« wunnert sich der Kilian.

»Na klar! Wie schnell haste's in der Stirnhöhln oder auf der Brust, und dann hust du da rum, dass die Leut nix vo dem Theaterstück verstehn.«

Die Leut verstehn nix vo dem Theaterstück, weil än Franz sei Stimm so laut iss.

Er fährt mit sein medizinischen Verhütungsvortrag fort: »Und für mei chronischa Blasenentzündung hab ich extra ä warms Kissela derbei.«

»Was, jetzt, im August?« wunnert sich der Kilian.

Aber der Franz gibt na raus: »Hast du überhaupts scho ämal ä Blasenentzündung ghabt? Hä? Dann wäßt du, dass die Männerblase keine Jahreszeit kennt, und wenn du's erscht ämal hast, dann hast du eine derartige dings … du wäßt scho, dass da dauernd die Bee zammzwick musst.«

Auf der Bühne zwickt der jugendliche Liebhaber grad sei Aachng zamm, weil er gegen die Sonn guck muss bei sein Monolog, aber des iss die merschtn Leut wurscht; sie hörn sich lieber die gesundheitspolitischen Vorsorgemaßnahmen vom Franz an. Es Stück häßt ›Wie es euch gefällt‹, und manchem Zuschauer gfallert's, wenn er die Handlung und den Text verfolg könnt, drum zischen ä paar und flüstern »Ruhe da hintn!« Und mancha schrein aa scho leis »Mund halten!« Der Franz und der Kilian hörn's net; da hättn die Leut scho lauter schrei müss, aber des hätt ja wieder des Theater gstört.

Vor den Ohren seines aufmerksamen Auditoriums und mitten in ä aufregende Liebesszene auf der Bühne zeigt jetzt der Franz einen neuen Gefahrenherd auf: »Aufm Hexnschuss musst du natürlich ganz besonders aufpass. So schnell gucksta net, wie der dir neis Kreuz fährt, und des zieht dann nunter bis nein … du wäßt scho. Aber ich, ich hab vorgsorgt.«

Und wie der jugendliche Liebhaber seiner Geliebten auf der Bühna voller Leidenschaft unter ihrn dünna Hemdla rumspielt (natürlich hintn und net vorn – mir sinn ja schließlich in Wunsiedel und net in Berlin), da zieht auch der Franz unter sein dünna Hemdla (aa hinten und net vorn) triumphierend ein leibhaftiges Katzenfell raus und präsentiert es dem staunenden Publikum. »Es Beste, was es gibt«, rät er seinen Zuhörern. »Ich hab mir's vorhin im Abort neigebundn. Des hält des Kreuz so warm, des gläbst du net. Wie wenn ä lebendicha Katz draufhockert.«

»Ruhe! Sind Sie doch endlich still!« schent jetzt eener von die weiter entfernten medizinbanausischen Theaterbesucher.

Der Franz und der Kilian folchng und guckng sich jetzt still und brav die Küsserei auf der Bühna an. Auf eemal muss der Kilian gröbs, es stösst na auf. Sei Gsundheitsberater hat zwar net ghört, wenn die Leut gezischt und gschent hamm, aber än Gröbser von sein Patient hört ä aufmerksamer Mediziner meilenweit und sofort.

»Kilian«, warnt der Franz, »du hast än schwachng Machng. Du häst heut mittag des fetta Knöchla net ess derf. Da, trink ämal.« Der Franz zieht aus seiner Taschn ä Fläschla Bauernschnaps, trinkt gleich selber ämal und gibt's dann dem Kilian. Er doziert: »Ä Schnaps hilft immer. Bei Husten, Heiserkeit, kalta Füäß, und aa bei der Fresserei iss immer ä Schnaps gut.«

»Meensta?« frecht der Kilian. »Hoffentlich hamm die Leut mein Gröbser net ghört dahinna, mitten im Schauspiel.«

Aber der Franz beruhigt na: »Ä Gröbser iss net so schlimm. Sei froh, dass du kenn fahr hast lass. Des riecht immer ä weng eigenartig, und es sinn doch lauter feina Leut hier im Theater.«

Lauter Beifall quittiert die therapeutische Unterweisung vom Franz. Die Leut patschn aber net wechern Franz, sondern weil endlich Pause iss und sie ä weng rumlaff könna.

»Hat dir des Theater gfalln, Kilian?«

»Nä, da versteht ja ke Mensch, um was es da eigentlich geht.«

Die zwä denkng, es iss aus, sie merkng ihrn Irrtum gar net, sie merkng net, dass es Stück erst halber rum iss, und sie laffm auf ihrn Bus zu.

»Es nächsta Mal«, secht der Kilian, »geh ich wieder nei ä richtiges Theater, nei än Saal. In so än Freilichtluft-Theater iss ja eine Unruh, da verstehst ja dei eichngs Wort net.«

Ursache des Übergewichtes

»Herr Dokter, helfm Sa mir, ich bin zu dick.
Mei Schönheit iss fort, mei Fröhlichkeit, mei Glück.
Sie wissen doch, Herr Dokter, wie schlank ich war.
Des kummt bloß von dem gutn Essn zwischer
Weihnachten und Neujahr!«
Der Dokter aber meent:
»Des iss net ganz richtig, was Sie da sachten.
Des kummt von dem guten Essen zwischer
Neujahr und Weihnachten!«

Alterserscheinungen – *Ein Geburtstagsgedicht*

Wenn eener früh scho wach iss,
bevor die Göcker schrein,
sich eiskalt duscht,
wenn annera in ihra Better blein,
Gymnastik treibt im kaltn Gras
und joggt durch Feld und Aa
oder Kniebeug, Liegestütz, Frühsport mit seiner Fraa;
wenn er sich nei sei bunta Hemmer
und enga Hosn zwängt,
die junga Mädli nachpfeift und
mancha Fraa bedrängt;
wenn der dann abends in der Disco
beim Tanzn noch recht schmeichelt,
die Mädli tief nei die Aachng guckt
und die Miniröckli streichelt;
wenn früh um viera dieser Hirsch
dann seinen Heimweg sucht sich,
dann Leut, dann könnt ihr än Besn fress:
Der Moo iss über fuchzig!
Wenn eener dann än Hut aufsetzt
und einen Dackel rumführt
und früh in seinem Malzkaffee
ä Kunstsüßstöffla rumrührt,
klagt übers Kreuz, mecht eine Kur,
vergisst sei Ehepflicht,
sei Herz iss aa nix mehr so gut,
im Fußzeh sitzt die Gicht;
wenn flotta Weiber ihn anmachng:
»Komm mit nei meiner Stubm!«,
na fräät er sich und rennt era nach,
aber er wäß nix mehr, warum;
wenn der auf seine Rente wart
und blau macht scho ganz fleißig,

dann könnt ihr wett, ihr lieba Leut:
Der Moo iss noch ke dreißig.
Wenn aber ämal ä Mädla sich kleidet,
schminkt und schmückt,
knallenga Jeans über ihr Örschla,
die Männer mecht verrückt;
wenn sa än tiefm Ausschnitt und
herrlich weißa Zähn hat;
wenn sa kurza Röckli trägt,
obwohl sa krumma Bee hat;
wenn sa bei jeden reichng Moo
lustvoll die Lippm leckt sich,
dann könnt ihr euch ruhig drauf verlass:
Des Mädla iss mindestens sechzig.
Wenn aber ä Fraa sich schwarz anzieht,
sich in Sack und Asche hüllt;
wenn sa bloß noch Romantik will
und ferne Geister fühlt;
wenn sa secht: »Ich geh zum Guru nach Indien«,
und nie lacht sa,
dann – da könnt ihr Gift drauf nämm:
Die alt Fraa, die iss achtza.
Wenn eener ganz normal lebt,
wäß, was Hunger und was Durscht iss;
wenn ihm egal, wie alt dass er werd,
wenn ihm des einfach wurscht iss;
wenn er den Frauen Küssli gibt und
badt sich mehrmals jährlich;
wenn er aa sei Steuern zahlt,
der dumm Kerl, und aa noch ehrlich;
wenn er ä braver Lehrer iss, ä junger und ke alter,*
dann, Leut, ich wett ä Flaschn Sekt:
Der Moo, des iss der Walter.*

**) bei Bedarf je nach Vornamen umdichten*

Übergewicht!

Der Dokter schüttelt sein Kopf und schent: »Sie sinn viel zu schwer! Sie müssn dringend abnehm! Sie sinn doch bloß ein Meter und sechzig groß, und dann des Haufm Gewicht – unmöglich! Also mir machng jetzt ämal än Plan. Stufe eins: Bis Anfang nächstes Jahres, sach mer ämal, bis zum 1. Januar, müssn Sie auf 80 Kilo kumm, mindestens, und dann mach mer weiter.« Der Dokter meent's ernst, und er zählt auf: »Ihr Blutdruck! Ihr Cholesterin! Ihr Harnsäure! Ihr Puls! Ihr Fettanteil! Ihr Doppelkinn! Ihr Stiergenack und, und, und ...« Der Dokter hört gar nix mehr auf.

Und der Franz iss zerknirscht. Er wäß ja selber, was alles net in Ordnung iss, aber des mit dem Doppelkinn sieht der Franz mit annera Aachng; des hat er nämlich geerbt. Aber gut, er will ja selber abnehm.

Jetzt stellt der Dokter einen detailierten Plan auf: »Es iss jetzt Mai, und Sie sinn bei 105 Kilo. Zu schnell derf's aa net geh, sonst kummt der Jo-Jo-Effekt.«

»Wie bitte? Ja, ja?«

»Nä, Jo-Jo! Des häßt, dass es Gewicht so schnell wieder dromm iss, wie's runter gsaust iss. Langsamer iss sicherer. Ich schlag vor, es iss jetzt Mai, es sinn noch acht Monat bis zum 1. Januar, also pro Monat drei Kilo, des häßt alla vier Wochng drei Kilo, des sinn in eener Wochng net ämal ee Kilo. Des müsstn Sie doch schaff, oder?«

Der Franz strahlt, und lachend secht er: »Des iss doch gar nix! Net ämal ee Kilo in eener Wochng, drei klenna Kiloli in vier Wochng – des mach ich doch mit links.« Aber dann kummt er doch ins Grübeln: »Aber des sinn fei im ganzn 25 Kilo bis Neujahr! Des muss mer sich erst ämal überleg!« Er rechngt: » Achtmal dreißig, des sinn 240 Tag, geteilt durch 24 Kilo ... Halt, annersch muss des geh: 24000 Gramm durch 240 Tag, des sinn genau 100 Gramm pro Tag – des iss doch ke Kunst, hunnert Gramm weniger jeden Tag. Herr Dokter, die Wette gilt! Des schaff ich, am 1. Januar hab ich mei 80 Kilo.«

Der Franz steigt verschwitzt vom Ergometer, zieht sich sei ausgeleierta Dehnbundhosn an und geht frohgemut hemm. Er fühlt sich wie neugeborn, wie schon ä weng abgenumma. So schlimm war's beim Dokter gar net. Was soll's, er iss ja gar net krank. Gecher sei Gicht hat er sei Tablettli, gecher sein Zucker hat er sei Spritzli, und gecher sein Blutdruck hat er sein Blocker.

Ä jungs hübschs Mädla kummt na entgegen. Er zieht sein Bauch ei – ein vergeblicher Versuch bei 160 Zentimeter Höh und 105 Kilo breit. Überall, wo er sein Bauch hinzieh will, iss scho besetzt mit Fleisch und Fett; er hat kenn Platz zum Einziehn.

»Emma!« ruft er, wieder zu Hause.

»Ja, da bist da ja wieder. Na, was hat denn der Dokter gsacht?«

»Er hat gsacht, ich soll net so stark abnehm. Und vor allem net so schnell. In einer Wochng net ämal ee Kilo.«

»Naja, dann iss es ja net so schlimm mit dir.«

»Täusch dich net. Der Dokter iss ä Frecker! Abnehm muss ich scho, hat er gsacht. In eener Wochng nix, aber in een Monat drei Kilo.«

Die Emma lacht schallend: »Drei Kilo? Die hast du doch manchmal an een Tag zugenumma. Die gehn doch aa genauso schnell wieder runter»

»Meensta? Also, wennsta meenst, dann tu ämal die Blutwurscht und den Schwartemachng her und aa die Hausmacher-Leberwurscht und es Griefmschmalz. Ich will auf den Schreck hin Brotzeit mach.«

»Aber willst du net schon gleich heut anfang und mageres Zeug ess?«

»Nä, mit Abnehma brauch ich doch heut nuch net

anzufanga. Ich hätt doch genausogut aa erst morchng zum Dokter geh könn, dann hätt ich doch vom Abnehma nu gar nix gewisst.«

Wie die erscht Wochng rum war, hat der Franz ein weiteres Kilo zugenumma; die Waag iss unbestechlich. Er hat sich selber getröst: Wahrscheints hab ich gestern abend ä weng zuviel Flüssigkeit aufgenumma. Was soll's, dann nehm ich halt sechsäzwanzig Kilo ab. Iss doch ke Kunst in dera langa Zeit, des fällt doch gar net ins Gewicht. Da kummt's doch auf ee Kilo nauf oder runter gar net an. Im Sommer brauch ich eigentlich noch gar nix zu unternehma. Da schwitzt mer doch sowieso alles wieder raus, was mer gessn hat. Wenn ich im Herbst anfang, langt des voll und ganz.

Im September platzt der Franz fast aus seiner Kleider raus. Die Emma frecht: »Im Herbst wollst du doch anfang. Was iss denn, Franz?«

Jetzt passt's dem Franz net: »Herbstanfang iss doch erst Ende September. Des sinn drei Monat für gut dreißig Kilo. Im Monat zehn Kilo, des sinn pro Tag 333 Gramm – des iss doch gar nix.« Der Franz hat vom 21. September bis zum 1. Oktober noch ämal richtig neighaut. Er hat nämlich ämal gelesen, dass mer vorn Fasten so richtig fett ess soll.

So, jetzt geht's an. In 90 Tag müssen 36 Kilo runter. Ja, ja, 36 Kilo, er hat noch einmal so richtig zugschlachng. 36 geteilt durch 90 Tag, des sinn ... jeden Tag 400 Gramm. Ä runda Zahl, ä glatta Rechnung – so wollt er's hab. »Morchng früh: Fasten! Gell? Net, dass du Salami, Schinken und Eier aufm Tisch tust, gell?«

»Aber ich ess doch so gern Eier«, jammert die Emma.

Der Franz lenkt ein: »Also gut, dann tu halt Eier her, aber nur für dich, gell? Schön weich mechstsa, wie immer, gell?«

»Und du? Willst du verhunger?«

»Für mich bitte keine Eier, für mich gibt's nur Äpfel, ä gelbes Rübla und eine Scheibe Knäckebrot mit Quark, 0,1 Prozent, gell? Fei jaa 0,1 Prozent!«

Der Franz knabbert sei Rübla und sei Knäckebrötla, während die Emma es Essn von ihrer vier Eier mit vier dick gschmierta Butterbröter anfängt. Der Franz frecht neugierig: »Wie sinn denn die Eier?«

»Ach«, secht die Emma, »wie immer. Wahrscheints Legebatterie.«

»Niemals«, behauptet der Franz, »aufm Marktplatz kriegsta freilaufende Eier.«

»Schmeck tun sa aber nach Legebatterie.«

»Des gibt's net. Tu mal eens her!«

Der Franz muss es prüf, aber den richtigen Geschmack entwickelt ä Ei erscht mit än Butterbrot. So schnell hat die Emma gar net geguck, wie der Franz drei Eier mit drei Butterbröter gessn hat. Er iss sich jetzt ganz sicher und er behauptet: »Freiland!«

Aber abgenumma hat er an den Früh nix. Er schwört: »Heut Mittag fang ich an!« Fürn Franz gibt's Wassersuppm und zwä Äpfel und für die Emma gerösta Kartoffel und zwä fetta panierta Schnitzel.

Der Franz schent sei Fraa: »Warum hastn zwä Schnitzel gemacht?«

»Na, die warn halt so eingfrorn.«

»Nacher ghört eens dervo mir.«

»Nein, du musst abnehm.«

»Lass ämal probier, ob sa überhaupt noch gut sinn.«

Der Franz probiert des ganza Schnitzel, und – bautsch! – sei ganza Abnehmerei iss versaut. Jetzt isst er gleich richtig und secht noch mit vollem Mund: »Gleich morchng früh fang ich an. Heut abend rentiert sich's nix mehr.«

Am nächsten Tag frühstückt er tatsächlich asketisch, aber Mittag, wie er grad vor sein Schleimsüppla sitzt, schellt's, und der Charlie iss da. Sie müssen vom Kegelclub was besprech, und da muss mer, ob mer will oder net, än Schoppm derzu trink. Die Emma tut Salznüssli und Chips aa mit hin, aus alter Gewohnheit, und der Franz füllt während der Konferenz sein Schleimsüpples-Pansen wieder voll. So voll, wie er mit Schnitzel aa net völler hätt sei könn. »Morchng fang ich an!« verspricht er.

Er hält sei Wort bis Mittag. Die Nachberin hat 70. gfeiert. Er hat die Einladung zu den Fest im Hinblick auf sei Kur abgelehnt, aber jetzt bringt die toll Hepper än großen Teller, voll mit Kuchen, Torten und Krapfen. Der Franz entschuldigt sich: »Du kannst doch die Fraa net beleidig.« Und er haut den ganzn Teller fast ganz ällees zamm. »Morchng früh fang ich an!«

Er hält sei Wort bis abends, da iss im ›Schwarzen Adler‹ Generalversammlung von die Kleingärtner. Alla essn. Der Franz isst erst es Hauptgericht und dann noch ä Käseplatte. »Morchng früh fang ich net an, da iss nämlich Feiertag, und an än Feiertag fanga nur die Heidn es Abnehma an. Nein, ich fang am Montag an.«

Wen wunnert's, dass er aa am 29. Oktober nu net angfangt hat? Jetzt kummt Allerheiligen, der 1. November. Jetzt hat er bloß noch sechzig Tag für 40 Kilo, denn statts ab- hat er noch ä bissla ungewollt zugenumma. 40 Kilo in 60 Tag, des sinn pro Tag 666 Gramm, wu er abnehm muss. Des will fei abgenumma sei! Der Franz rechngt: »Ä guts Pfund alla Tag, des sollert mer eigentlich schaff, wenn mer ner bloß än festn Willn dazu hat, und den hab ich allemal.« Er hat's ja den Dokter in die Hend nei versprochng.

Allerheiligen kummt Besuch. »Eemal wenn mer abnehm will! Also, fang ich halt am 3. November an.« Aber am 3. sinn immer noch Restli vom Besuch da. »Plätzli, Salzstängli, Erdnüssli und Gsundheitskuchng.

Die hamm ja nix gessn, die Kerl, die wölln alla abnehm.« Der Franz lässt nix verderb. Naja, bei der Gartenärbet schafft er sich's vielleicht wieder runter. Falsche Hoffnung – er kann sich nix mehr so bück wie früher. Bloß blöd, dass die frisch Luft trotzdem so Appetit mecht wie früher. »Am kommenden Montag fang ich endgültig an, wetten? Da kannsta Gift drauf nehm.«

Am Montag aber – des hat er ganz vergessn – feiert der Nachber sei Pensionierung. Schlank wie eine Tanne tritt der gemeine Kerl sein Ruhestand an, und der Franz höckt da, mit seiner 43 Kilo Übergewicht, und muss aa noch schaff. Müssert. Er iss zur Zeit krank gschriebm. Am 1. Dezember hat der Franz 45 Kilo zuviel, also 125 Kilogramm, das häßt zwäähalb Zentner mit Knochng. Er rechngt scho wieder: 45000 geteilt durch 31, mach mer dreißig, geht leichter rechna: 4500 geteilt durch drei ist gleich 1500 Gramm. Eenähalb Kilo pro Tag, des werd hart. Und noch die viela Feiertag, wu kumma. »Emma! Nulldiät! Ab sofort!«

Zwä Tag hat der Franz ner bloß ä wengla Wasser getrunkng – vier Kilo warn weg. »Ach, des geht ja ganz leicht. Da hab ich ja bis Weihnachtn scho fast mei ganz Quantum. Emma, tu die Plätzli her, ich derf ä paar ess, sonst nehm ich zu rasch ab oder gar zuviel.« Der Franz iss tapfer und isst nur zwä Plätzli, jetzt iss er auf än gutn Weg. Aber dann, dann kummt ä Weihnachtsfeier, und dann kummt der Geburtstag von der Emma, und dann kummt der Nachber und bringt seiner Fraa ihr Plätzli zum Versuchng. Dann kummt die Weihnachtsgans, der Karpfen, der Kartoffelsalat mit Mayo, die Riesenpackung Praliné, die Likörli nachänanner und die Silvaner …

Am 7. Januar wankt der Franz mit 50 Kilo Übergewicht zu än annern Dokter. Zu sein traut er sich net, wecher die Wett, und es iss ja aa grad ä neus Quartal anganga. Der neue Dokter iss ein Schlawiner, und er lebt nach dem Prinzip: Mei Kundschaft soll net sterb, aber aa net gsund sei.

Zum Franz secht er: »So viel zu dick sinn Sie jetzt aa wieder net. So än Bauch muss mer hinnehm wie einen Schicksalsschlag. Ich weiss, dass Sie ein guter Mensch sinn, ich hab Sie in der Mettn gsehn, und von einem guten Menschen kann mer nie genug hab.«

Jetzt kann der Franz wieder lächeln. »Herr Dokter, wann iss mer denn eigentlich wirklich zu dick?«

Der Dokter klärt na auf: »Sie sinn net zu dick, wenn Sie zwäähalb Zentner hamm. Sie sinn aa net zu dick, wenn Sie zwä Stühl brauchng und ihr Schuh nix mehr sehn. Sie sinn erscht dann zu dick, wenn Sie am Strand liechng und die Aktivisten vom Verein ›Rettet die Wale‹ kumma und wolln Sie aufs offene Meer nauszieh. Dann sind Sie zu dick.«

Depressionen

Ä Moo steht an der Theke,
vor sich ä klenns Glas.
Sei Kumpel kummt, nimmt des Glas,
trinkt – und weg war's.

Da schent der Moo: »Des kannst du doch net mach!
Dunnerkeil, iss heut für mich ä schlechter Tag!
Heut früh in der Firma – es iss nicht zu fassen –
hamm sa mich Knall auf Fall entlassen.

Mei Sohn fährt mei Auto zamm; total iss es hin.
Mei Tochter kriegt ä Kind und wäß net, von wem.
Mei Fraa liebt än annern, iss heut mittag ausn Haus.
Und jetzt kummst du aa noch daher und säufst mein
Giftbecher raus!«

Unter Frauen
(Ein Telefongespräch)

So, jetzt hamm mer lang genug geraatscht. Ich muss jetzt mei Essn koch. Also, mach's gut, und schöna Grüß aa an dein Moo. Den hab ich übrigens scho lang nix mehr gsehn. Iss er krank, oder ...?

Ach so, bloß beruflicher Schtretsch. Wie bitte?

Ja aber trotzdem muss er aufpass. Dei Moo kummt jetzt aa in ä Alter, wo mer net vorsichtig genug sei kann. Und dei Sohn, was mecht denn dei Sohn alleweil? Iss der eigentlich scho verheiert?

Na, da graterlier ich nachträglich noch recht schö. Hat er's denn gut erwüscht? Was hat er denn für ä Fraa?

Waaas? So schlimm? Die kann gar nix?

Ach, der arm Klaus-Dieter, der tut mir aber leid.

Was? Des muss der alles mach? Koch, putz und aa noch die Wäsch wasch? Und den Garten aa nuch? Der arm Bua. Und die Fraa liegt deraweil in der Sunn, hä?

Wie bitte? Mei Tochter?

Ja, aa verheiert, seit vier Monat, ja.

Ob sa ä Partie gemacht hat? Das kann mer aber wirklich sag. Ach, die hat ja einen Moo kriegt, eine Seele von einem Mann. Stell dir ämal vor: Der kocht es Essn, der putzt die Wohnung, der wäscht die Wäsch, und er hält aa noch den Garten in Schuss. Besser hätt's mei Bärbela net erwisch könn. –

So, jetzt muss ich aber Schluss mach, sonst hammer heut mittag nix zu essn. Was gibt's denn bei euch heut zu Mittag?

Rindsrouladen?

Na, des iss was Feins. Mei Nachbera, die Anni, die hat neulich am hellichten Werktag Gensbraten ghabt, wo doch ihr Moo so mit sein Cola-Stearin zu tun hat, und aa mit die Hirnsäure hat er's. Und aa noch Krautsalat mit

Speck hamm sa gessn! Also, Leut gibt's! Die bringt ihrn Moo ja noch um. Gicht soll er aa hab in sein großn Zeha, scho seit Jahren, und Zucker, kiloweis Zucker …

Waaas? Du aa? Gicht? Wie merkt mer denn des? Und was mechsta da dergecher?

Tablettli?

Ach so, dann kannsta so fett weiteress mit die Tablettli. Naja, dann geht des ja. –

Ach Gott, ach Gott, es iss scho dreiviertel zwölfa! Also, ich wünsch dir schöna Feiertag, und bleib gsund! Wie viel Tablettli nimmsta denn da tagtäglich?

Gibt's da aa Zäpfli? Schad, ach, Zäpfli sinn doch viel schöner als wie Tablettli, die Zäpfli sinn immer so anschmiegsam.

So, also dann bis Donnerstag bein Aldi. Du, der Aldi hat allerweil Tröpfli gecher verstopfta Nasn, die sinn …

Wie?

Na, freilich. In der Apothekng kostn sötta Tröpfli glatt es Doppelta, wenn's reicht, und es iss aa nix annersch drin, es steht bloß was annersch drauf. Und den Aldi sei Bicker sinn ja so gut! Ach, den Aldi sei Bicker …

Bloß mei Moo kriecht da immer so Blähunga drauf. Also wirklich, des iss dann immer die reinste Kakophonie. Gut, dass mir zwä Klö hamm. –

Also, sei net so fleißig und mach's gut! –

Ach Gott, also, des muss mer gsehn hab! Schad, dassd net da bist. Da läfft grad der Schmitts Alfons an unnern Fenster vorbei. Also, der kann net gsund sei, der sieht ja aus wie die teuer Zeit. Die Leut sachng, er hätt Annemie.

Nää, des iss ke neua Fraa. Annemie, des iss ä Krankheit, da hat mer viel zuviel Blut in die Arm. Blutarm. Annemie häßt auf fränkisch ›blutarm‹. Wäßt, immer wenn ä Wort ä ›i-e‹ hintndran hat, isses auf hochdeutsch ä Krankheit. Zum Beispiel aa Blasphemie. Des hört aa mit än ›i-e‹ auf. Des iss des Bläslesleiden …

Wie? Blasn?

Nä, Bläsli, wenn du so Bläsli auf die Lippm hast, wäßt scho. Ja, ja, genau, Historie iss aa so ä Wort. Unner Nachbera, die Helga, die hat die Historie, die iss hochgradig historisch, und ihr Tochter fängt aa scho an. So was vererbt sich.

Ja, und die Tochter hat aa nuch die Bullerie, die bricht scho des.

Wie meensta?

Nä, die kotzt scho des, was sa nuch gar net gessn hat. – Ach Gott, Essn! Jetzt muss ich aber aufhör, ich muss ja mei Essn mach!

Wie? Wie ich's mach?

Na, einfach, einfach und fettfrei. Scho wecher mei Moo, der hat doch viel zuviel Nitroglyceride im Blut.

Wie?

Na, freilich, des stockt na ja sonst, des fährt na zamm, des Blut, wie stöckerta Milch.

Milch? Nä, Milch trinkng mir kenna, da hab ich eine Algerie dergecher, und mei Moo tröpfelt immer so …

Ja, auf sei Krawattn. Also, ich wäß net, aber neuerdings hat mei Moo so zittriga Hend. Ich will net grad sag Parkinson, aber net weit hi. Aa abets im Bett hat er ä unruhiga Hend. Und was war des früher für ein Mann, o là là!

Waas? Deiner aa?

Meiner aa, und deraweil war des Bett früher sei Spezialität.

Eben, und heutzutag meent mer fast, er hätt Angst dervor. Aa die Frau Dokter kann sich keinen Reim drauf mach auf sei Dingsda. Sie hat scho sei Initialen untersucht, und sie hat gsacht, es wär alles an sein richtigen Platz. Wahrscheints iss er halt impertinent.

Wie häßt des? Im Kontingent?

Ich hab immer gedacht, im Kontingent iss, wenn eens tröpfelt. –

Ach Gott, ach Gott, es geht ja scho auf eensa! Jetzt muss ich aber wirklich und wahrhaftig aufhör! Ich muss mei Essn mach und muss mein Moo sei Tablettli hinricht.

Jaaa, des iss ä args Kreuz mit seiner blödn Tablettn. Die wu gechern Machng helf solln, schädigen sei Leber, da hat er's doch aa dran, an die Leber, und sie haun sein Blutdruck nauf. Drum nimmt er gleichzeitig äwas gecher die Leber, und des haut sein Blutdruck wieder nunter, aber …

Nä, ich bin nu net fertig. Nämlich des Zäpfla, wu den Blutdruck nunterhaut, des schädigt sei Oster-Prosa, also muss er dadegecher eireib, aber des haut sein Blutdruck wieder nauf und ergibt wiederum eine Algerie, und er kriegt Pfückli …

Pfückli! Verstehst net? Pfückli! Er sieht aus wie ein Streuselkuchen. Aber des iss gut, weil die Draschee, die wu er gecher die Pfuckng einimmt, die sinn gleichzeitig gut für sein Machng. Wenn er also die Pfuckng net hätt, hätt er's garantiert am Machng. Er hat's trotzdem am Machng, und so schließt sich dann der Kreis.

Wie bitte?

Noch ämal. Ich hab dich net recht verstanna.

Jaaa, in letzter Zeit hör ich nix mehr so gut, ich muss ämal zu än NHO-Arzt. Net, dass es mir so geht wie der Schreiers Emma. Die soll än Hörsturz ghabt hab.

Nä, än Hörsturz! Des wäßt da doch, was des iss. Des iss, wenn enner so laut hinfällt, dass mer's über zwä Gärten weit hört. Des iss ä Hörsturz.

So, also bleib gsund. Bis Donnerstag bein Aldi. Da muss ich übrigens wieder Kürbiskern käff. Mei Moo muss doch nachts so oft raus und muss ä Rappela mach.

Waas? Deiner aa?

Wie oft?

Waaas, viermal? Dann hat er die Peronospra – halt, nä, des häßt annersch.

Ich gläb, des häßt Paradentose – nä, aa net. Aber mit Prost geht's an. Bei der Männer geht doch alles mit Prost an.

Wie? Prostata?

Ja, genauso häßt's. Des anner iss ja ä Weinträubeleskrankert.

Wein? Nä, ner bloß an die allerhöchsta Feiertäg. Wecher die Hypertonie vo mein Moo. Auf Wein kriegt doch der immer so ein Sodbrenna.

Ja, genau, auf lateinisch häßt des Sodomie, und dann kriegt der immer so än rotn Kopf.

Wie meensta? Wecher mir?

Nä, wecher mir wird der nix mehr rot. So viel kann ich gar net auszieh, dass der alt Schlawiner noch rot wird. Die Schöppli sinn's, die steichng na nein Kopf. Des gibt dann die Anschlagfäll. Naja, es iss immer noch besser, als wie wenn na die Schoppm nei die Leber steichng. Des iss übrigens ä Idee, mir essn morchng gebackena Leber.

Heut? Wäßt, was? Heut brauch ich nix mehr zu kochng, ich mach gleich än Kaffee, schö stark mit recht viel Zucker und zwä, drei Stück Sahnetortn derzu – pro Mann, des iss ja aa viel gsünder als wie ä Mittagessn. Also dann: Auf Wiederhörn!

WILHELM WOLPERT bei vmn

Ä Katz müßt mer sei

Fränkischa Gschichtli vo fränkischa Tierli
80 Seiten, gebunden, mit Schutzumschlag, 12,00 €

Haut ab! Des iss unner Feuer!

Geschichten von der »Fröhlich-Fränkisch-Freiwilligen Feuerwehr«
88 Seiten, gebunden, 12,00 €

So richtig ä anständigs Maulvoll

Fröhlicha fränkischa Liedli
Das »Liederbuch des Hasenterzetts«
96 Seiten, gebunden, 13,50 €

Jetzt wird's aber Zeit

Mundartliche Geschichten und Gedichte für Franken
80 Seiten, gebunden, mit Abbildungen, 12,00 €

Liebes Christkindla …

Weihnachtliche Geschichten und Lieder aus Franken
64 Seiten, gebunden, 10,00 €

Herrgott, Dir wenn's nachging

Frech, fromm, fränkisch
64 Seiten, gebunden, 10,00 €

Der fränkische Moo

War der eigentlich immer scho so?
80 Seiten, gebunden, mit Schutzumschlag, 12,00 €

A fränkischa Fraa

Die kummt een zwar teuer, aber – mer hat aa lang draa
80 Seiten, gebunden, mit Schutzumschlag, 12,00 €

Schwarza fränkischa Schäfli

Immerzu fromm in Gedanken, Worten und Werken –
des sinn net grad än echten Franken sei Stärken.
80 Seiten, gebunden, mit Schutzumschlag, 12,00 €

Die CDs

A fränkischa Fraa und ihr Moo

Ein Hörbuch, gesprochen von WILHELM WOLPERT. 13,00 €

Wer lacht'n an Weihnachten?

Lieder und Geschichten mit WILHELM WOLPERT. 13,00 €

Naumann
Verlag

www.naumann-verlag.de